UN SANCTUAIRE POUR JANE

UN SANCTUAIRE POUR JANE (FORCES TRÈS SPÉCIALES : L'HÉRITAGE, TOME 8

SUSAN STOKER

DU MÊME AUTEUR

<u>Autres livres de Susan Stoker</u>

Forces Très Spéciales : L'Héritage

Un Sanctuaire pour Caite

Un Sanctuaire pour Brenae

Un Sanctuaire pour Sidney

Un Sanctuaire pour Piper

Un Sanctuaire pour Zoey

Un Sanctuaire pour Avery

Un Sanctuaire pour Kalee

Un Sanctuaire pour Jane

Sauvetage à Eagle Point

Un sauveteur pour Lilly

Un sauveteur pour Elsie (28 Juin 2022)

Un sauveteur pour Bristol

Un sauveteur pour Caryn

Un sauveteur pour Finley

Un sauveteur pour Heather

Un sauveteur pour Khloe

Delta Force Deux

Un refuge pour Gillian

Un refuge pour Kinley (Avril 15)

Un refuge pour Aspen (1 Juin)

Un refuge pour Jayme

Un refuge pour Riley

Un refuge pour Devyn

Un refuge pour Ember

Un refuge pour Sierra

Hawaï : Soldats d'élite

Un paradis pour Élodie

Un paradis pour Lexie

Un paradis pour Kenna

Un paradis pour Monica (10 May 2022)

Un paradis pour Carly

Un paradis pour Ashlyn

Un paradis pour Jodelle

Mercenaires Rebelles

Un Défenseur pour Allye

Un Défenseur pour Chloé

Un Défenseur pour Morgan

Un Défenseur pour Harlow

Un Défenseur pour Everly

Un Défenseur pour Zara

Un Défenseur pour Raven

Ace Sécurité

Au Secours de Grace

Au Secours d'Alexis

Au Secours de Bailey

Au Secours de Felicity

Au Secours de Sarah

Forces Très Spéciales Series

Un Protecteur Pour Caroline

Un Protecteur Pour Alabama

Un Protecteur Pour Fiona

Un Mari Pour Caroline

Un Protecteur Pour Summer

Un Protecteur Pour Cheyenne

Un Protecteur Pour Jessyka

Un Protecteur Pour Julie

Un Protecteur Pour Melody

Un Protecteur pour l'avenir

Un Protecteur Pour Les Enfants de Alabama

Un Protecteur Pour Kiera

Un Protecteur Pour Dakota

Delta Force Heroes Series

Un héros pour Rayne

Un héros pour Emily

Un héros pour Harley

Un mari pour Emily

Un héros pour Kassie

Un héros pour Bryn

Un héros pour Casey

Un héros pour Wendy

Un héros pour Mary

Un héros pour Macie

Un héros pour Sadie

Un héros pour Annie

Autre

Un moment suspendu : Recueil de nouvelles

AUDIO

Un paradis pour Élodie

CHAPITRE UN

Jane Hamilton faisait de son mieux pour ne pas se faire de faux espoirs. C'était presque triste de voir à quel point elle était impatiente de recevoir le courrier du matin. Après tout, c'était sa routine habituelle, et elle travaillait sur la base navale depuis dix-huit ans maintenant, depuis que son ex-mari était rentré à la maison un jour pour lui annoncer qu'il avait rencontré quelqu'un et qu'il demandait le divorce.

Jane en avait été profondément meurtrie, car elle croyait qu'elle et Jake seraient ensemble pour toujours. Ils s'étaient aimés au lycée, et elle avait fait tout ce qui était en son pouvoir pour le soutenir lorsqu'il s'était engagé dans les Marines à l'âge de dix-huit ans. Mais, tout à coup, après plus de dix ans de mariage, il était parti en la laissant élever seule leur fille de huit ans. Il lui avait envoyé de l'argent tous les mois à contrecœur (uniquement parce que les tribunaux l'y obligeaient) jusqu'à ce que celle-ci ait dix-huit ans, et Jane n'avait plus jamais entendu parler de lui.

Elle avait obtenu un emploi de contractuelle dans la salle du courrier de la base, et avait gravi les échelons au cours des vingt dernières années pour arriver là où elle était maintenant. Elle supervisait une dizaine d'employés et était responsable de la distribution du courrier dans toute la base. Mais même si c'était elle la patronne maintenant, elle passait toujours par son bâtiment pour distribuer le courrier à la main chaque matin. Cela lui permettait de sortir de son bureau et de discuter avec les autres contractuels qui travaillaient dans le bâtiment ainsi que d'apprendre à connaître les Marines.

Mais, depuis un an et demi, c'était aussi grâce à *lui* qu'elle continuait sa routine.

Storm North.

Elle s'était littéralement figée la première fois qu'elle l'avait vu. Apparemment, il travaillait à la base depuis un certain temps, mais on venait de lui attribuer un bureau dans le même bâtiment que celui où elle travaillait. Et rien que son nom était suffisant pour la faire soupirer.

Storm North.

C'était tellement masculin, le nom parfait pour l'un des héros des livres d'amour qu'elle aimait lire.

Elle avait le béguin pour cet homme, ce qui était un peu ridicule à son âge. Elle avait cinquante et un ans, bien au-delà de l'âge des aventures sans lendemain. Mais cela ne signifiait pas que sa libido était morte, et ce jour fatidique, elle était revenue à la vie rien qu'en le voyant. Storm n'avait que quelques centimètres de plus que son mètre soixante-dix, mais sa présence imposante faisait que son corps svelte semblait plus grand que nature. Ses cheveux châtains coupés court aux tempes argentées faisaient ressortir ses yeux noisette. Tout en lui respirait la force et la vitalité.

Il arborait un air sérieux la plupart du temps, ce qui ne la surprenait pas car il avait beaucoup de responsabilités. Il avait en charge plusieurs équipes de SEAL et prenait son travail très à cœur, ce qu'elle admirait.

Mais Jane aimait le faire sourire, même si ce n'était que pour un instant, en lui disant bonjour, en lui remettant un paquet ou en plaisantant sur ceci ou cela.

Elle vivait dans l'attente du courrier du matin pour avoir la chance de voir Storm.

Sa fille, Rose – dont la relation avec Jane était pour le moins ténue –, dirait qu'elle était ridicule. Que quelqu'un d'aussi important que Storm ne regarderait jamais une simple employée du courrier comme elle. Pourtant, Jane ne pouvait s'empêcher de fantasmer sur lui. Fantasmer qu'un jour, il la verrait, la verrait *vraiment*, et se demanderait pourquoi il ne l'avait pas invitée à sortir plus tôt.

Mais Jane pensait que cela n'arriverait jamais car elle n'était tout simplement pas son type. Elle ne le connaissait pas vraiment, sauf qu'il était lui-même un SEAL, et elle supposait qu'il aimait les belles femmes sveltes. Il était si beau et sportif, et elle... ne l'était pas. Jane n'avait pas l'habitude de se rabaisser, mais elle n'aimait pas faire de la musculation, et elle appréciait un peu trop les verres de bon vin et la tarte aux noix de pécan.

Jane avait traversé une période extrêmement difficile après son divorce et hésitait à se rapprocher à nouveau de quelqu'un. Elle pouvait être sympathique et extravertie au travail, mais elle se taisait en société. Storm était probablement l'âme de la fête, car il n'avait aucun problème à parler à tout le monde. Il était vraiment gentil… malgré son extérieur apparemment bourru.

Elle était sûre que Storm devait avoir une petite amie, même s'il n'était pas marié d'après les informations de Jane. Elle regardait constamment sa main gauche à la recherche d'une bague.

De l'extérieur, Storm North était le parfait parti, et elle était… simplement Jane. Jane l'ordinaire, comme son ex avait l'habitude de l'appeler. C'était un surnom que leur fille avait repris et dont elle avait abusé pendant la majeure partie de son adolescence difficile.

Élever Rose toute seule n'avait pas été une promenade de santé. Au début, Jake avait voulu participer à l'éducation de leur fille, mais, au fil des années et de ses déplacements d'une base à l'autre, ses visites s'étaient raréfiées, ce qui avait beaucoup affecté Rose. Elle s'était sentie abandonnée, reprochant à sa mère le fait que son père ne soit pas là. Au lycée, elle faisait tout le temps le mur de leur appartement et avait obtenu son diplôme de justesse.

Jane n'avait pas été surprise quand elle avait déménagé le jour de son dix-huitième anniversaire. Il y avait même eu quelques années où Jane pensait qu'elle serait réveillée par la police venue frapper à sa porte pour lui annoncer que Rose était morte d'une overdose ou parce qu'elle s'était mise avec le mauvais homme. Mais, finalement, après plusieurs années douloureuses pour toutes les deux, leur relation s'était stabilisée. Elle avait vingt-six ans, un petit ami sérieux – que Jane ne connaissait pas du tout – et faisait des efforts pour être un peu plus gentille. Elle ignorait ce que sa fille faisait pour vivre, mais quand

Rose lui tendait la main, ce n'était pas pour mendier de l'argent.

Jane trouvait pathétique d'interpréter cela comme un bon signe.

Depuis près de dix ans qu'elle vivait seule, Jane avait l'impression d'apprendre qui elle était en tant que femme.

Au début, elle avait été la petite amie de Jake. Puis sa femme. Puis elle était devenue une femme abandonnée et une mère célibataire. Elle avait lutté si longtemps et si durement qu'elle avait encore l'impression de se chercher. C'était un peu idiot en arrivant à la cinquantaine, mais c'était ainsi. Et elle voulait retrouver l'amour. Trouver un homme qui *la* soutiendrait autant qu'elle le soutiendrait. Elle voulait quelqu'un avec qui rire… et faire toutes les choses coquines dont elle avait rêvé pendant des années et des années.

Mais Storm North n'était pas cet homme.

Jane le savait, mais cela ne signifiait pas qu'elle devait arrêter de fantasmer sur lui.

En poussant le chariot du courrier dans le couloir, Jane sentit son rythme cardiaque s'accélérer à mesure qu'elle se rapprochait du bureau de Storm. C'était stupide. Ridicule. Mais elle avait l'impression d'être à nouveau au collège, sur le point de voir le garçon pour lequel elle avait un énorme béguin.

Mais Storm n'était pas un garçon, c'était une certitude.

Elle pénétra dans le bureau de son assistant administratif et fit un sourire au jeune homme assis derrière le bureau.

— Bonjour, dit-elle sur un ton enjoué.

— Salut, Jane, répondit le jeune homme avec un sourire. Entrez. Il n'est pas en réunion.

— Merci, fit Jane, en espérant ne pas avoir l'air aussi excitée qu'elle l'était.

Elle n'avait pas l'occasion de voir Storm tous les jours, car il était très occupé, et chaque fois qu'elle le voyait elle était ravie.

Elle ramassa le petit paquet et les trois lettres qui étaient arrivés pour lui et se dirigea vers son bureau. Elle frappa brièvement et attendit de l'avoir entendu dire « Entrez » pour pousser la porte.

Storm était assis derrière son bureau dans son uniforme bleu de combat. Elle apercevait un peu de gris sur ses tempes, mais autrement elle n'aurait jamais imaginé qu'il avait la quarantaine passée. Il avait l'air de pouvoir affronter les jeunes Navy SEAL qu'il commandait... et de gagner le combat.

— Bonjour, dit Jane doucement.

Storm leva les yeux.

— Salut, Jane. Comment allez-vous aujourd'hui ?

— Je vais bien. Et vous ?

— Pas si mal, maintenant que l'audience disciplinaire d'un de mes meilleurs SEAL est terminée.

Jane savait à quoi il faisait référence. Ils travaillaient peut-être sur une énorme base navale, mais les gens parlaient, et les rumeurs circulaient vite. Un SEAL nommé Phantom avait désobéi aux ordres de sa permission et était parti au Timor-Leste pour sauver une jeune femme. Elle n'était pas sûre de tous les détails, mais ce qu'elle savait faisait battre son cœur romantique.

— Je suis sûre que c'était difficile, déclara-t-elle avec diplomatie.

Storm sourit et les genoux de Jane faiblirent.

— Le mot est faible. Alors... vous allez bien ? Je ne vous ai pas vue hier.

Elle voulut interpréter cette déclaration, étourdie qu'il ait même remarqué qu'elle n'était pas là, mais elle préféra hausser les épaules avec nonchalance.

— Je vais bien. Je me suis réveillée avec une migraine et j'ai pris un congé. J'ai beaucoup d'heures supplémentaires et j'ai pensé que je pourrais les utiliser.

— Tant mieux pour vous, dit Storm. Être une travailleuse acharnée est une chose, mais ne jamais prendre de congé, pour maladie ou vacances, n'est pas sain.

— Vous souvenez-vous de la dernière fois que vous avez pris des congés ?

La question surgit avant que Jane ne puisse la bloquer.

— Touché, dit Storm avec un sourire encore plus large. Je jure que chaque fois que je pense à prendre un peu de temps libre, les emmerdes débarquent ici... Oh, désolé ! J'oublie parfois comment parler en bonne compagnie.

Jane gloussa.

— Rien de ce que vous pourrez dire ne me surprendra ou ne m'offensera, répondit-elle. J'ai travaillé ici assez longtemps pour entendre à peu près tous les gros mots qui existent. Sans compter que je les ai entendus de la bouche de ma fille lorsqu'elle était adolescente.

— Vous avez une fille ? demanda Storm en inclinant la tête. Vous n'avez pas l'air assez âgée pour être la mère d'une adolescente.

Jane leva les yeux au ciel.

— Oh, s'il vous plaît ! Je suis très vieille. Elle a vingt-six ans, et elle m'a donné chacune de ces rides sur mon visage.

— Sérieusement... vous êtes superbe. Votre mari est un homme chanceux.

Storm flirtait-il avec elle ? Essayait-il de savoir si elle était mariée ou non ? Jane eut du mal à s'empêcher de faire une stupide petite danse de la victoire juste devant lui.

— Il *a eu* de la chance, répondit-elle avant d'ajouter : Mais il a décidé il y a vingt ans de me laisser tomber pour une jeune fille. Grosse erreur.

Les yeux noisette de Storm étaient fixés sur son visage, et Jane se sentit soudain perdue. Cela faisait des années qu'elle rêvait d'avoir toute son attention, mais maintenant qu'elle l'avait, elle ne savait plus quoi faire.

— Depuis combien de temps travaillez-vous ici ? demanda-t-il.

— Vingt ans. J'ai eu le poste juste après son départ.

Storm hocha la tête.

— Pour ma part, je m'en félicite. J'apprécie ce que vous faites. Je n'ai jamais eu à m'inquiéter de la perte de mon courrier, et chaque fois que j'ai eu un problème, il a été résolu rapidement. Vous avez bien formé vos employés.

C'était l'un des meilleurs compliments que Jane n'ait jamais reçus. Elle aurait aimé qu'il la complimente sur quelque chose de plus personnel, mais elle se contentait qu'il remarque qu'elle était une bonne employée. Elle était très fière de diriger un service important. Beaucoup de gens ne réalisaient pas combien le traitement du courrier pouvait être complexe et difficile. Des paquets avec des adresses incomplètes qu'ils devaient deviner, des articles mal livrés, des timbres à payer... et puis il y avait toute la correspondance interne qui allait et venait à travers la base. Ses employés et elle étaient très occupés.

— Merci, répondit-elle avec un petit sourire.

— C'est tout pour moi ce matin ? demanda-t-il en faisant un signe de tête vers le courrier qu'elle tenait dans sa main.

— Oh oui, désolée ! dit Jane, en s'avançant pour poser les enveloppes et le paquet sur son bureau.

— Pas de problème, dit Storm. Alors, votre tête va mieux aujourd'hui ? reprit-il.

Pendant une seconde, Jane fut si troublée qu'elle n'eut aucune idée de ce dont il parlait, puis elle se souvint.

— Oh, oui ! Merci. Je n'ai pas souvent de migraines, mais quand j'en ai, elles ont tendance à me faire perdre pied. Mais à part une légère douleur aujourd'hui, je me sens bien.

— Bien. Alors je vous verrai demain, d'accord ?

Rayonnante, Jane hocha la tête.

— Bien. Passez une bonne journée, monsieur, et essayez de ne pas trop effrayer les Marines débutants.

— Appelez-moi Storm... et je ne fais aucune promesse.

Jane savait qu'elle avait probablement l'air d'une

idiote avec son immense sourire, mais elle ne pouvait pas s'en empêcher. Elle lui fit un petit signe du doigt et sortit de son bureau. Une fois la porte franchie, elle se retourna, dit au revoir à l'assistant et poussa son chariot de courrier dans le couloir. Elle s'arrêta devant la porte et s'appuya contre le mur, fermant les yeux et soupirant de contentement.

Chaque fois qu'elle parlait à Storm, elle se sentait heureuse, mais aujourd'hui c'était très différent. Il avait l'air plus... engagé. Il lui avait posé des questions sur sa vie privée, lui avait demandé de l'appeler par son prénom... et quand il lui avait souri, elle avait eu les genoux qui tremblaient.

Prenant une profonde inspiration, elle continua dans le couloir jusqu'au prochain bureau, plus heureuse qu'elle ne l'avait été depuis très longtemps.

CHAPITRE DEUX

L'amiral Storm North s'assit sur sa chaise et fixa la porte que Jane Hamilton venait de franchir. Il n'avait aucune idée de ce qui avait attiré son attention ce matin. Il lui avait souvent parlé au cours de l'année passée... mais pour une raison inconnue, il ne l'avait jamais vraiment *vue* jusqu'à maintenant.

Et il aimait ce qu'il voyait.

C'était peut-être à cause de tous ses SEAL qui s'étaient mis en couple dernièrement et parce qu'il prenait de plus en plus conscience de son âge. Peut-être que c'était tout ce qui s'était passé avec Phantom et Kalee, et leur combat pour que tout se termine bien.

Il l'ignorait. Mais lorsqu'il leva les yeux et vit Jane lui sourire timidement depuis le seuil de sa porte, quelque chose avait fait tilt au fond de lui.

Storm aimait être un bourreau de travail. Il avait aimé être un SEAL et faire ce qu'il pouvait pour assurer la sécurité de son pays. Et il avait été ravi de prendre son poste actuel lorsqu'il était devenu trop vieux pour être sur le terrain. Il aimait résoudre les problèmes au travail. Mais...

Il se sentait seul.

Rentrer chez lui, dans sa maison de ville à deux étages, préparer son dîner en solitaire, regarder la télévision et se coucher seul, jour après jour, était difficile. Il aimait être entouré de gens. N'avoir personne à qui parler, avec qui partager sa journée, était épuisant.

Et pendant une seconde, lorsque Jane était entrée, il avait cru reconnaître dans ses yeux le même désir de compagnie qu'il voyait dans son propre miroir chaque matin. Mais plus que ça, pour la première fois... il avait vu les joues de Jane rougir légèrement quand elle lui souriait. Sa respiration augmentait légèrement lorsqu'ils parlaient et elle se mordait les lèvres comme si elle était nerveuse.

Tous les signes montrant que Jane n'était pas insensible à son comportement.

Sa tentative maladroite de savoir si elle était mariée avait été embarrassante, mais sa réponse avait été plus que satisfaisante. Storm appréciait qu'elle ait eu assez d'amour-propre pour dire que son mari *avait eu* de la chance quand ils étaient ensemble. Il aimait qu'elle l'ait interpellé sur son propre manque de prise de congé. D'une part, parce qu'elle était manifestement capable de réfléchir rapidement, et, d'autre part, parce que cela signifiait qu'elle prêtait attention à ses allées et venues.

Lorsqu'il s'installa dans le bâtiment, Storm fit des recherches sur tous les contractuels qui y travaillaient. Il aimait savoir qui l'entourait et quels étaient leurs antécédents. Sortir les informations sur Jane des profondeurs de son esprit ne fut pas difficile. Elle travaillait comme contractuelle dans la salle du courrier depuis des années, comme elle l'avait dit. Elle avait gravi les échelons, passant d'employée à l'heure à directrice. Elle avait cinquante et un ans, avec un dossier professionnel impeccable.

Mais discuter avec elle ce matin-là lui avait appris bien plus qu'un bout de papier ne pourrait jamais le faire. Elle avait été mariée et divorcée, avait une fille adulte avec laquelle elle avait manifestement eu une relation tumultueuse, du moins lorsqu'elle était adolescente. Et, s'il ne se trompait pas, elle avait plus qu'un intérêt passager pour lui. Bien qu'il ne pût pas dire pourquoi, avec certitude.

Storm savait qu'il était beau. Il n'était pas prétentieux, mais lorsqu'il était actif dans les équipes, il avait eu sa part de femmes qui flirtaient avec lui à cause de ce qu'il faisait ou de son apparence. Cependant, depuis qu'il s'était retiré des missions actives et qu'il avait accédé à son poste actuel, il n'avait plus de temps pour les femmes.

Cela ne signifiait pas qu'elles n'essayaient pas de le séduire. Storm ne comptait plus le nombre d'épouses qui l'avaient dragué, qui lui avaient fait comprendre qu'elles aimeraient le voir sans le dire à leur conjoint.

Storm ne voulait pas coucher avec une femme mariée. Il ne voulait pas se cacher. Il voulait une femme dont il serait fier et qui serait également ravie de marcher à ses côtés. Et pour une fois, il était prêt à faire sa cour.

Pendant la majeure partie de sa vie, il n'avait rien eu à faire pour attirer l'attention d'une femme. Elles venaient à lui, et il pouvait choisir celles avec qui il voulait être. Et en toute honnêteté, il en avait toujours été mal à l'aise. Le fait que Jane Hamilton le connaissait depuis un certain temps et qu'elle n'avait pas dit beaucoup plus que « bonjour » et « au revoir », malgré son intérêt évident, l'intriguait.

Cela faisait longtemps qu'il n'avait pas eu de défi à relever, et Storm avait le sentiment que Jane en vaudrait largement la peine.

Il n'était pas du genre à tomber amoureux au premier regard, même s'il se sentait plus énergique et excité à l'idée de courtiser une femme qu'il ne l'avait jamais été de toute sa vie. Donc il irait doucement. Apprendre à connaître Jane au cours des prochaines semaines. Flirter un peu avec elle et la sonder. Voir s'il lisait les choses correctement avec elle.

Puis, quand le moment serait venu et qu'il ne serait pas pris par un projet au travail, il l'inviterait à sortir. Voir s'il y avait de l'alchimie en dehors de la base navale.

Satisfait de son plan pour aller doucement, Storm prit son courrier et se mit au travail.

Jane voulait s'accrocher à la sensation de vertige qu'elle avait ressentie en parlant à Storm ce matin-là, mais le devoir l'appelait. Quand elle redescendit à la salle du courrier au sous-sol du bâtiment, il y avait des tas de problèmes et elle dut éteindre tous les incendies.

Un amiral était contrarié de ne pas avoir reçu un rapport venant de quelqu'un de l'autre côté de la base qu'il aurait dû recevoir le matin même. Deux de ses employés s'étaient fait porter pâle… dont l'un, Jane le savait, dont elle allait devoir s'occuper et probablement se séparer pour absences excessives. Et ils avaient reçu une quantité anormalement importante de courrier qui devait être trié et distribué l'après-midi même. Ils étaient débordés, et Jane n'avait pas le temps de disséquer la conversation qu'elle avait eue avec Storm un peu plus tôt. Le devoir l'appelait.

Jane aidait à trier le courrier après le déjeuner quand un paquet sur le tapis roulant attira son attention. À première vue, rien ne semblait étrange. Il faisait à peu près la moitié de la taille d'une boîte à chaussures et seul un peu de ruban adhésif le maintenait fermé. Mais quand Jane regarda l'adresse indiquée, elle réalisa que l'étiquette d'expédition avait l'air étrange. Il n'y avait aucune indication sur l'expéditeur, une quantité excessive d'affranchissement clairement annulé à la main, la boîte était marquée « confidentiel », et elle était adressée au contre-amiral Creasy… sauf que son nom de famille était mal orthographié en Creasey, avec un « e » supplémentaire.

Plus elle regardait, plus tout ce qui se trouvait dans le paquet était suspect, et Jane avait suivi trop de sessions de formation sur les bombes et l'anthrax envoyés par la Poste pour ne pas considérer le paquet comme sérieux. S'il était livré au contre-amiral et que quelque chose lui arrivait, Jane ne se le pardonnerait jamais.

Sachant qu'elle devait vider la pièce, alerter les autorités, éteindre la climatisation – au cas où – et ne pas toucher ou déplacer le paquet avant qu'il ne soit examiné, Jane commença à mettre la procédure en œuvre. La distribution du courrier serait retardée pendant des heures, voire une journée entière, mais c'était inévitable. S'il s'agissait d'une bombe ou d'un agent biochimique envoyé par courrier, rien d'autre ne comptait, y compris son emploi du temps.

Mais au moment où Jane se tournait pour alerter tout le personnel qu'il fallait passer en protocole de confinement, un de ses employés poussa un grand nombre de boîtes et d'enveloppes sur le tapis roulant vers elle. La boîte qu'elle venait d'examiner vacilla sur le bord de la table de tri et, par réflexe, Jane tendit le bras pour l'attraper.

Tout ce qui suivit sembla se passer au ralenti.

La boîte commença à tomber.

Jane l'attrapa en plein vol.

La secousse de la boîte fit manifestement exploser quelque chose à l'intérieur, car le couvercle s'envola, et un agent caustique orange fut pulvérisé dans l'air, couvrant le visage et les bras de Jane.

Elle commença immédiatement à tousser et à s'étouffer, mais fit de son mieux pour rester calme – la chose la plus difficile qu'elle n'ait jamais faite dans sa vie.

— Putain de merde, Jane, c'est quoi ce bordel ? s'écria un de ses employés.

— Ne me touche pas, réussit-elle à dire, les yeux bien fermés.

Entre deux toux, elle annonça :

— Code noir. Appelez la police navale et déclenchez un code noir !

Heureusement, ses employés savaient exactement quoi faire. Un code noir était le plus haut niveau d'urgence que le service courrier pouvait déclarer. Cela signifiait qu'il y avait une sorte de fuite chimique et que tout le personnel devait se retirer des environs immédiats. Son service s'était entraîné pour ce scénario exact maintes et maintes fois, mais Jane n'avait jamais pensé qu'elle serait concernée.

Entendant tout le monde se précipiter hors de la pièce, elle visualisa intérieurement où elle se trouvait dans la salle de triage et se dirigea à l'aveuglette vers le mur derrière elle. Elle ne voulait rien toucher, car cela pouvait répandre le contaminant qui se trouvait sur ses mains, mais à chaque seconde qui passait, il lui était de plus en plus difficile de respirer. Elle devait atteindre la station de décontamination.

Ses employés étaient tous partis, appliquant ce qu'on leur avait appris lors des formations, et elle était seule.

Ayant l'impression que ses poumons allaient exploser, Jane toussa encore un peu, puis vomit sur le sol où elle se trouvait. Tout lui faisait mal, et elle avait l'impression que son visage était en feu.

Tombant à genoux, elle tenta de faire entrer de l'oxygène dans ses poumons brûlants. Elle avait l'impression que sa peau était en train de fondre. Elle n'arriverait pas à la décontamination. Tout ce qu'elle était capable de faire était de s'agenouiller sur le sol et de vomir.

* * *

Storm lisait un rapport sur la recrudescence des hostilités dans un petit pays d'Afrique lorsque son assistant administratif passa la tête dans son bureau.

— Désolé de vous déranger, monsieur, mais il y a un code noir dans la salle du courrier.

— Putain ! Code noir ? Vous êtes sûr ? demanda-t-il.

— Oui, monsieur. Le bâtiment est en train d'être évacué. Nous devons y aller.

Storm se leva de son bureau et se dirigea vers la porte. Il ne pensait qu'au fait que Jane travaillait au service courrier.

Ce n'est que ce matin-là qu'il avait décidé d'approfondir son intérêt pour la timide contractuelle, mais apprendre qu'il y avait une sorte de menace biologique dans la salle du courrier changea radicalement les choses. Tant qu'il n'aurait pas vu par lui-même que Jane allait bien, il savait que le sentiment d'inquiétude et de malaise qui l'habitait ne diminuerait pas.

Storm emprunta le couloir en courant pour se diriger vers la cage d'escalier. Il descendit deux étages et, au lieu de sortir bu bâtiment, continua jusqu'au sous-sol. Il croisa quelques personnes en train de monter les escaliers, mais personne n'osa lui demander où il allait ou ce qu'il faisait. Son rang avait parfois ses avantages.

Quelqu'un avait déclenché l'alarme incendie, et le son agaçant des cloches lui donna un mal de tête instantané, mais il l'ignora du mieux qu'il put et se dirigea vers la porte de la salle du courrier. Il n'était venu ici que quelques fois, mais il savait exactement où aller.

Il tira sur la porte – et fronça les sourcils quand elle ne s'ouvrit pas.

— Merde ! marmonna-t-il, se rappelant que le protocole exigeait que toutes les portes soient verrouillées en cas d'incident.

Pendant une seconde, Storm se demanda ce qu'il fallait faire. Il était probable que Jane se trouvait dehors en ce moment même avec ses employés, parlant aux autorités et leur racontant ce qui s'était passé. Il était également probable que le code noir soit une fausse alerte ; il n'y avait pas eu d'incident à l'anthrax ou au sarin depuis des années.

Mais une petite partie de lui, tout au fond de lui, pensait différemment.

— Jane ? cria-t-il, sa voix s'élevant à peine au-dessus de l'alarme incendie. Vous êtes là-dedans ?

Il mit son oreille contre la porte et attendit, s'efforçant d'entendre quelque chose. N'importe quoi.

— Monsieur ? cria une voix sur sa droite. Vous devez quitter le bâtiment.

Storm se retourna et vit un jeune homme debout derrière lui, le visage aussi blanc qu'un linge, portant une combinaison indiquant qu'il travaillait dans la salle du courrier.

— Vous travaillez là-dedans, non ? demanda Storm, ignorant sa demande de partir.

— Oui, mais il y a un code noir. Vous devez partir.

— Que s'est-il passé ? aboya Storm.

Le jeune homme regarda nerveusement autour de lui, ses yeux se posant sur la porte de la cage d'escalier avec tristesse. Storm fit de son mieux pour adopter un ton plus calme. Le jeune homme était manifestement terrifié.

— Dites-moi ce qui s'est passé. Puis je resterai jusqu'à ce que les autorités arrivent.

— Je suis censé les amener ici, répondit le jeune homme.

Impatient, Storm reprit :

— Parlez-moi.

— Nous étions en train de trier le courrier comme d'habitude. Jane était à la table, et quand un paquet de courrier a été poussé en avant, une boîte est tombée. Elle l'a attrapé et ça a explosé. Elle nous a dit de déclencher le code noir et de sortir.

— Où est-elle ?

— À l'intérieur, fit le jeune homme, et Storm perçut le tremblement dans sa voix. Je ne voulais pas partir, mais je savais qu'elle serait furieuse si je ne le faisais pas. Nous avons eu de nombreux exercices, et elle a toujours dit que si quelque chose arrivait, la dernière chose à faire était d'aider la personne infectée. Que l'équipe de décontamination viendrait et le ferait. Vous pensez qu'ils sont déjà là ?

Merde.

Storm devait aller voir Jane à l'intérieur. Pas question d'attendre une équipe de décontamination. Elle était peut-être en train de mourir, ce qui était inacceptable sous son commandement.

Intellectuellement, il comprenait la nécessité d'isoler une personne infectée, mais il ne supportait pas de rester là en sachant qu'elle pouvait être de l'autre côté de la porte en train de souffrir.

— Vous avez la clé ? cria-t-il.

Le jeune homme hocha la tête, et Storm tendit la main en remuant les doigts dans un mouvement qui signifiait « posez-la là ».

Étonnamment, le jeune homme fit ce que Storm lui avait ordonné, comblant rapidement l'écart entre eux et s'approchant de la porte. Il était évident qu'il ne voulait pas laisser Jane à l'intérieur, et qu'il était clairement soulagé que quelqu'un vienne l'aider.

En déverrouillant la porte, Storm fit un geste vers les escaliers.

— Allez attendre l'équipe de décontamination dehors et dites-leur où elle est.

— Aidez-la, dit le jeune homme, le visage marqué par l'inquiétude. Ce n'est pas seulement une bonne supérieure, mais c'est aussi une bonne personne. Elle ne mérite pas ça... quoi qu'il y ait eu dans ce paquet.

Storm hocha la tête et poussa la porte, confiant dans le fait que le jeune garçon allait trouver de l'aide dès qu'il le pourrait. Mais il savait mieux que quiconque que cela prendrait du temps. Personne n'allait entrer dans le bâtiment sans s'équiper complètement pour se protéger. Il ne leur en voulait pas, mais en tant que SEAL, il n'était pas du genre à attendre ou à être trop prudent.

À la seconde où il ouvrit la porte, Storm eut la quasi-certitude de savoir ce que contenait la bombe. Ce n'était pas un explosif ni de l'anthrax. Ce n'était pas du sarin. Ça sentait le gaz CS. Chlorobenzylidène malononitrile. Du gaz lacrymogène. Un spray au poivre. Ça brûlait quand on en recevait, mais ce n'était pas mortel. Storm avait fait assez d'exercices avec ce produit pour savoir qu'on avait l'impression de mourir. Ce produit brûlait et faisait couler les yeux et le nez, et rendait beaucoup de gens très malades.

Mais ce n'était pas mortel. Dieu merci !

Il claqua la porte derrière lui, atténuant heureusement le hurlement de l'alarme incendie pour pouvoir s'entendre penser une fois de plus.

Toussant à cause des résidus dans l'air, Storm cria :

— Jane ? Où êtes-vous ?

Il ne l'entendit pas répondre, mais il l'entendit tousser et s'étouffer. Il fit le tour d'une grande table et ses entrailles se figèrent. Jane était à quatre pattes sur le sol. Un petit tas de vomi se trouvait devant elle et ses yeux étaient fermés.

Il se précipita vers elle, détestant la façon dont elle tressaillit violemment lorsqu'il lui attrapa les épaules.

— C'est moi, Storm North, la rassura-t-il. Laissez-moi vous aider.

Elle secoua la tête et tenta de s'éloigner de lui.

— Poison, haleta-t-elle avant de tousser à nouveau.

Le cœur de Storm s'emballa dans sa poitrine. Elle essayait de le protéger.

Lui. Quelqu'un qu'elle ne connaissait pas. Un SEAL qui avait vu la mort en face plus d'une fois et avait survécu.

Repoussant ses sentiments à un moment plus propice, il se pencha vers elle et lui dit à l'oreille en toute hâte :

— Je suis presque sûr que c'est du gaz CS. Pas du poison. Je sais que ça brûle comme l'enfer. Vous en avez reçu dans les yeux ?

Elle acquiesça, et il grimaça en signe d'empathie. À l'entraînement, il avait toujours porté un masque à gaz jusqu'à ce qu'on lui dise de l'enlever. Il n'avait jamais pris un spray en plein visage, et certainement pas les yeux ouverts.

Il avait été soulagé lorsqu'il avait ouvert la porte de la salle du courrier, mais il savait maintenant que c'était plus grave qu'il ne l'avait d'abord pensé.

— Venez, on doit vous emmener à la station de décontamination.

Jane acquiesça et le laissa l'aider à se relever, mais elle resta courbée et ne le toucha en aucune façon. Storm comprit que c'était parce que ses mains étaient couvertes du spray rouge-orange, tout comme le haut de son corps.

Celui qui avait piégé cette bombe postale savait ce qu'il faisait.

Conformément à la réglementation fédérale, il y avait une petite station de décontamination ressemblant à une douche dans le coin de la salle du courrier au sous-sol. Pour autant que Storm le sache, elle n'avait jamais été utilisée… jusqu'à maintenant.

Il ouvrit l'eau, qui prit d'abord une couleur brun rouille, mais qui devint rapidement claire. Jane gémit en entendant l'eau.

Sans hésiter, Storm passa un bras autour de la taille de Jane et entra dans l'eau avec elle. Ils furent tous deux trempés en quelques secondes, mais, pour l'instant, il ne s'en souciait pas. Il devait éliminer le spray caustique du visage et des mains de Jane.

L'eau était froide, et il la sentit frissonner sous ses mains, mais elle ne se retira pas. Le jet puissant nettoya la morve qui coulait sur son visage et le vomi qu'elle avait sur ses vêtements, mais Storm avait vu bien pire au combat.

Inclinant son visage vers l'eau, Jane fit de son mieux

pour ne pas se noyer en essayant de se débarrasser des gouttes d'eau et de tousser en même temps.

Storm n'était pas épargné par l'atmosphère toxique, même s'il n'avait pas reçu de jet direct au visage. Il sentait ses yeux larmoyer et ses muqueuses faire de leur mieux pour repousser le produit chimique. Mais il ignora sa propre souffrance et se concentra sur ce qu'il pouvait faire pour Jane.

Ses cheveux bruns de longueur moyenne étaient couverts de gaz CS, et il essaya de l'aider à les laver. Partout où il regardait, il voyait les signes révélateurs du spray orange.

— Vous allez devoir enlever votre chemise et votre pantalon, lui dit-il aussi doucement qu'il le pouvait. Le produit coule encore sur votre corps.

Pendant un instant, elle sembla paniquer, puis elle débarrassa son visage de toute émotion. Elle n'avait pas ouvert les yeux plus longtemps qu'il ne fallait pour essayer de les rincer, mais il sentait son corps se tendre sous ses mains.

Finalement, elle hocha la tête et porta ses mains jusqu'au premier bouton de sa chemise.

— Je m'en occupe, lui dit Storm.

Ils avaient soudain l'impression d'être les deux seules personnes au monde, la situation étant plus intime qu'elle n'aurait dû l'être, étant donné les circonstances. Storm défit rapidement les boutons de sa chemise, un par un, et l'aida à l'enlever lorsqu'il eut terminé. Elle se retrouva devant lui dans un soutien-gorge en coton blanc trempé qui ne faisait rien pour cacher ses atouts. Elle était bien faite et ronde aux bons endroits. Ses mamelons étaient tendus à cause de l'eau froide, et il vit la chair de poule sur ses bras.

— Tenez bon, j'ai presque fini, dit-il en attrapant la ceinture autour de sa taille.

Il la défit rapidement et déboutonna son treillis. Il l'encercla de ses bras et s'agenouilla, tirant le tissu humide vers le bas. Elle enleva ses chaussures et sortit son pantalon.

Storm se leva et poussa ses vêtements sur le côté. Il se déplaça jusqu'à ce qu'il se tienne à nouveau devant elle, mais pas dans le sens de la douche. Il posa ses mains de chaque côté de son visage et l'inclina doucement vers l'eau.

— Vous allez devoir essayer de garder les yeux ouverts aussi longtemps que vous le pouvez, Jane. Je sais que ça fait mal, mais vous devez laver cette merde.

Elle hocha la tête, toussa, puis plissa les yeux, faisant de son mieux pour suivre ses instructions. Storm voyait à quel point cela faisait mal, et il ne pouvait s'empêcher d'admirer sa bravoure.

— Voilà, c'est ça. Bien. Juste comme ça.

Il n'avait aucune idée du temps qu'ils passèrent dans la douche de décontamination exiguë, mais elle finit par réussir à garder les yeux ouverts plus d'une demi-seconde à la fois. Ils étaient injectés de sang et bordés de rouge quand elle les ouvrit finalement assez longtemps pour le regarder, et quand elle le fit, il détesta ce qu'il y vit.

La honte. L'embarras.

— Je suis désolée, chuchota-t-elle, puis elle toussa violemment une fois de plus.

— Vous n'avez pas à être désolée, répondit-il avec

véhémence. *Pas du tout*. De mon point de vue, vous avez tout bien fait.

— Je n'ai pas pu atteindre la station de décontamination, admit-elle. Tout me faisait trop mal. J'ai merdé.

Storm secoua la tête avant qu'elle eût fini de parler.

— Non, vous avez fait ce que vous avez été formée à faire. Vous avez fait sortir vos employés, fait ce que vous pouviez pour empêcher les particules de s'échapper.

— J'ai vomi, chuchota-t-elle.

Storm détestait la gêne qu'elle ressentait visiblement.

— C'est la façon dont votre corps se débarrasse de ce qui le contamine. Il n'y a pas de quoi avoir honte, Jane. Vous devriez voir les cadets au camp d'entraînement. Ils agissent comme s'ils étaient en train de mourir, et ils ne reçoivent pas une aussi grosse dose de gaz CS dans le visage que vous.

— Vous êtes sûr que c'était du gaz CS ? demanda-t-elle.

— À quatre-vingt-dix-neuf pour cent, oui, lui dit Storm. J'ai reconnu l'odeur à la seconde où je suis entré dans la pièce.

Elle fronça les sourcils.

— Comment êtes-vous entré ici ?

— Un de vos employés dans le hall m'a laissé entrer.

— Il était censé...

Elle fut interrompue au milieu de sa phrase lorsque la porte de la salle du courrier s'ouvrit et que trois hommes portant des combinaisons de décontamination complètes apparurent. Le rideau de douche transparent était la seule chose qui les séparait, Storm et elle, du reste de la pièce.

— Oh merde ! dit-elle, puis elle toussa alors même qu'elle rentrait les épaules, essayant de se cacher d'eux.

Sans réfléchir, Storm l'attira vers son corps, et il se sentit fondre lorsqu'il la sentit se laisser aller contre lui, comme si elle était invisible aux yeux des nouveaux arrivants simplement parce qu'elle se trouvait dans ses bras.

L'un des hommes tenait dans sa main un appareil qui mesurait la teneur en contaminants de l'air. Il lui indiquerait les matériaux auxquels ils avaient affaire, et les pourcentages. Les deux autres tenaient ce qui ressemblait à des brosses à long manche.

Storm se raidit et se tourna sur le côté, essayant de protéger Jane de leurs yeux.

— Éloignez-vous d'elle, monsieur, dit l'un des hommes, la voix assourdie par la combinaison de protection qu'il portait de la tête aux pieds.

— Pas la moindre chance, rétorqua férocement Storm, une toux rauque masquant son autorité naturelle.

— Monsieur, il faut vous décontaminer tous les deux avant de vous emmener à l'infirmerie.

Storm connaissait le protocole. Il avait participé à l'écriture de ce fichu manuel, mais, à l'époque, il semblait très clinique. Nettoyer une personne contaminée pour éviter qu'elle ne répande des particules sur des innocents dans un hôpital était la bonne chose à faire. Mais tenir dans ses bras une Jane frissonnante et traumatisée lui faisait clairement comprendre qu'être arrosée et récurée comme si elle était un morceau de chair sale n'était pas exactement éthique ou humain.

Zut.

Il resserra ses bras autour d'elle juste avant qu'elle ne prenne une profonde inspiration et ne s'éloigne de lui.

— C'est bon, dit-elle doucement.

Elle plissait les yeux, et les ouvrir était manifestement encore extrêmement douloureux pour elle.

— C'est le protocole.

Elle avait raison, mais cela ne rendit pas plus facile le fait de la laisser partir.

Il regarda Jane sortir courageusement de la douche de décontamination et tendre les bras sur les côtés. Ses sous-vêtements blancs étaient complètement trempés et transparents par l'arrière. Storm ne pouvait qu'imaginer à quoi elle ressemblait de face.

Il serra les dents et eut envie de frapper le marin qui tenait la brosse.

Mais, au lieu de cela, il fit la seule chose qu'il pouvait faire pour que Jane se sente moins mal à l'aise à ce moment-là. Il se déshabilla jusqu'à ce qu'il se tienne à côté d'elle, ne portant que ses propres sous-vêtements blancs.

CHAPITRE TROIS

Jane était mortifiée. Quelques heures plus tôt, elle avait été étourdie par sa conversation avec Storm, et maintenant elle voulait s'enfoncer dans le sol et disparaître. Savoir que c'était lui qui l'avait trouvée à quatre pattes, vomissant ses tripes et couverte de gaz CS était déjà très embarrassant. Et comme si cela ne suffisait pas, il l'avait déshabillée et vue dans toute la splendeur de ses cinquante et un ans.

Elle savait qu'elle ne ressemblait plus à ce qu'elle était à vingt ans, mais elle n'était pas sûre qu'être quasiment nue devant l'homme sur lequel elle craquait avant même qu'ils aient eu une petite conversation était le moyen d'attirer son attention. Et elle n'avait aucune envie d'être lavée comme si elle était dans une station de lavage, mais le protocole était le protocole.

Elle avait failli avoir une crise cardiaque en voyant Storm à côté d'elle en sous-vêtements. Il lui avait fait un sourire en coin et avait haussé les épaules... et quelque chose en elle avait fondu à ce moment-là. Il n'avait pas besoin de se déshabiller, et ils le savaient tous les deux. Il n'était pas là quand la boîte avait explosé, et tout le spray au poivre sur lui était un transfert secondaire de ses propres vêtements et de ses mains. Mais il l'avait fait quand même.

C'était suffisant pour gagner sa loyauté et son soutien indéfectible pour l'éternité.

Elle était maintenant assise dans la clinique médicale de la base, enveloppée dans une énorme couverture et portant une blouse que quelqu'un avait dénichée pour elle, attendant d'être libérée.

Ses yeux brûlaient toujours, et elle ne pouvait s'empêcher de tousser, mais au moins elle n'avait plus l'impression que ses poumons allaient exploser à chaque quinte de toux.

Les services d'enquête criminelle de la Marine examinaient le paquet pour essayer de trouver qui l'avait envoyé. Le contre-amiral Creasy et sa femme avaient été avertis qu'ils avaient été la cible d'une bombe reçue par la Poste et ils prendraient des précautions jusqu'à ce que l'expéditeur puisse être identifié et appréhendé.

La salle du courrier était en quarantaine jusqu'à nouvel ordre, et Jane savait qu'elle aurait une tonne de travail supplémentaire à faire pour remettre les choses en ordre dans la salle temporaire qui leur avait été attribuée. Elle était extrêmement fière de son personnel qui avait réagi immédiatement et fait exactement ce qu'il avait été formé à faire. À savoir, la laisser dans la pièce et aller chercher de l'aide. La dernière chose que l'on souhaitait était qu'un contaminant se répande et blesse ou tue d'autres personnes. Cette fois, la bombe contenait uniquement du spray au poivre, mais la prochaine fois, il pourrait s'agir d'anthrax ou de sarin.

Si elle était honnête avec elle-même... elle avait eu de la chance. Pourtant, tout ce qui s'était passé ces dernières heures était nul. Elle avait vraiment cru que c'était fini, qu'elle était morte. Quand la boîte avait explosé, elle avait eu une fraction de seconde pour regretter toutes les choses qu'elle n'avait pas faites dans sa vie, et certaines des choses qu'elle avait faites. Puis, au lieu de mourir, quand elle avait chuté sur le sol dans la plus grande douleur qu'elle n'avait jamais ressentie et qu'elle ne pouvait plus respirer, elle avait souhaité être morte.

Et, pour aggraver les choses, l'homme qu'elle admirait plus que quiconque au monde, qu'elle voulait impressionner, était venu alors qu'elle avait de la morve sur le visage et un tas de vomi devant elle et qu'elle ne pouvait rien faire pour être présentable.

Mais... Storm était incroyable. Fort quand elle était faible. Il avait pris le relais et fait ce qui devait être fait. Cela faisait très longtemps qu'elle n'avait pas pu compter sur quelqu'un. La seule chose à laquelle elle avait pensé à l'arrivée de Storm était de faire exactement ce qu'il disait. Elle s'était sentie en sécurité dans ses bras, et même si elle avait eu beaucoup de mal à ouvrir les yeux, elle l'avait fait quand il le lui avait ordonné, reconnaissante de le voir.

Bien sûr, souhaiter perdre une quinzaine de kilos était maintenant inutile étant donné qu'elle avait été presque nue devant lui. Mais elle n'était pas mal à l'aise en se rappelant le regard qu'il lui avait lancé la dernière fois qu'elle l'avait vu. Respect et admiration.

Ou elle délirait peut-être et ce n'était en fait que de la pitié.

Fermant les yeux – parce que c'était toujours mieux que de les ouvrir –, Jane posa sa tête sur le dossier de la chaise et pria pour que les médecins se dépêchent de lui remettre ses papiers de sortie.

Les minutes défilaient lentement. Elle avait mal à la tête. Tout ce qu'elle voulait, c'était rentrer chez elle, prendre une autre douche – elle ne pensait pas qu'elle se sentirait à nouveau propre un jour – et dormir. Elle était épuisée et ne voulait plus penser à rien.

Son estomac gargouillait, mais elle l'ignora. Elle essaierait bien de manger une pomme ou autre chose en rentrant chez elle, mais à vrai dire, l'idée de manger lui retournait l'estomac.

— Hé.

Elle entendit ce seul mot, presque murmuré, et eut une énorme surprise.

Les yeux ouverts, Jane fixa l'amiral Storm North. Il était appuyé contre le montant de la porte de sa chambre et la regardait fixement. Elle n'avait aucune idée du temps qu'il avait passé là, mais elle avait l'impression que cela faisait un moment.

— Salut, marmonna-t-elle.

Sa gorge était irritée à cause de la toux, et elle entendait un drôle de son dans ses propres oreilles.

Storm fronça les sourcils.

— Que faites-vous encore ici ?

— J'attends d'être libérée.

Il regarda sa montre.

— Il est vingt heures trente.

Jane leva les sourcils.

— Je sais.

— Merde, murmura-t-il. Je reviens tout de suite.

Trop fatiguée pour se soucier de l'endroit où il allait, Jane ferma à nouveau les yeux et reposa une fois de plus sa tête sur le dossier de la chaise.

Quand Storm revint, elle ignorait s'il s'était absenté cinq minutes ou une heure.

— Le médecin devrait être là avec vos papiers de sortie dans une minute ou deux.

Jane ouvrit les yeux et le regarda.

— Qu'avez-vous fait ? Vous avez menacé de le faire passer en cour martiale ?

Comme Storm n'esquissa même pas un sourire, Jane fronça les sourcils.

— Vous n'avez pas... n'est-ce pas ?

— Non, dit-il en s'approchant d'elle.

Il s'accroupit devant sa chaise et la regarda dans les yeux.

— Comment vous sentez-vous ? demanda-t-il doucement.

Jane haussa les épaules.

— Je vais bien.

Il fronça les sourcils, l'air soupçonneux.

— Et si vous essayiez encore une fois... et que vous étiez honnête cette fois ?

Jane soupira.

— Je vais bien, monsieur. Un peu fatiguée, j'ai mal à la tête et mes yeux me piquent encore un peu, mais ça ira mieux demain matin.

— Je vous ai dit de m'appeler Storm, lui dit-il. Et j'aimerais que l'on se tutoie.

Jane passa sa langue sur ses lèvres. Elle vit ses yeux descendre jusqu'à sa bouche, puis remonter pour croiser à nouveau son regard. Elle ne pouvait pas lire le regard dans ses yeux.

— Je ne suis pas sûre que ce soit approprié.

— Tu ne travailles pas pour moi. Tu n'es même pas dans la Marine. Et après ce qu'on a vécu aujourd'hui, je dirais que c'est plus qu'approprié.

Jane ne pouvait pas le contester.

— Je ne t'ai pas remercié, n'est-ce pas ? demanda-t-elle.

Storm secoua la tête.

— Pas besoin.

Elle répondit en reniflant.

— Je dirais que oui.

Puis il la surprit en levant la main et en la plaçant sur le côté de son cou. Son pouce effleura le dessous de sa mâchoire pendant qu'il déclarait :

— Comment ai-je pu te connaître depuis si long-temps sans jamais vraiment te voir ?

La question fut posée à voix basse, et Jane ne savait pas s'il voulait vraiment qu'elle réponde ou s'il se parlait à lui-même. Dans tous les cas, elle eut la chair de poule sur les bras.

— Je suis heureux d'avoir été là, poursuivit-il. Quand j'ai appris que quelque chose s'était produit dans la salle du courrier, j'ai été incapable de me résoudre à évacuer le bâtiment.

— Pourquoi ? chuchota Jane.

— Parce que je savais que tu serais en bas, faisant ton

possible pour contenir ce qui est arrivé, et que tu pouvais avoir besoin d'aide.

— Ce n'était pas intelligent, gronda-t-elle. Si ça avait été de l'anthrax ou quelque chose de pire, tu aurais été blessé aussi.

— Mais ça ne l'était pas, et tu avais besoin d'aide, répondit-il immédiatement. Et je ne pouvais pas ne pas y aller. Je ne peux pas l'expliquer. J'ai soudain l'impression de te connaître depuis toujours, mais en même temps, je ne sais presque rien. Après notre conversation de ce matin, j'avais décidé d'y aller doucement. D'apprendre à mieux te connaître. Peut-être t'inviter à sortir après un mois ou deux. Tu es drôle. Belle. Intelligente. Indépendante. Tous les traits que j'admire et respecte. Ce qui s'est passé aujourd'hui, c'est comme si quelqu'un m'avait donné une claque derrière la tête et m'avait dit de me ressaisir. Moi, plus que quiconque, je sais combien la vie peut être courte. Je suis normalement du genre à foncer pour obtenir ce que je veux, mais j'ai pensé que je devais y aller doucement avec toi. Pourquoi penserais-tu que je suis sérieusement intéressé si, après t'avoir côtoyée pendant si longtemps, je te demandais tout à coup de sortir avec moi ? Donc j'avais décidé d'attendre. Mais... au diable !

Jane fixa Storm avec des yeux énormes. Était-il sérieux ? Il ne pouvait pas l'être.

— Tu veux aller dîner demain soir ?

— Avec toi ? lâcha-t-elle.

Il ricana.

— Oui. Avec moi.

Elle ouvrait la bouche pour dire non seulement oui,

mais carrément oui, quand le docteur choisit ce moment pour entrer.

Storm se leva, mais ne quitta pas la pièce.

— Désolé pour le retard. J'ai signé vos papiers et vous pouvez rentrer chez vous. Si vos yeux continuent de brûler dans huit heures, revenez et nous vous examinerons à nouveau. Et je suis sérieux à ce sujet. Ne pensez pas que ça va disparaître comme ça. Le gaz CS est caustique, et vous avez pris un coup direct au visage. Vous pourriez perdre la vue si vous ne prenez pas ça au sérieux.

Jane fit un signe de tête au docteur.

— Je le ferai.

— Et vous devriez les rincer au moins toutes les trois heures ce soir. Mettez un réveil pour vous lever et le faire. Ne rentrez pas seule chez vous, ne vous endormez pas et n'oubliez pas. C'est important, madame Hamilton. Avez-vous quelqu'un qui peut s'assurer que vous rentrez bien chez vous ?

Jane ouvrit la bouche pour dire au médecin qu'elle était une femme adulte et qu'elle pouvait trouver un taxi pour rentrer chez elle, mais Storm la devança.

— Je la ramène à la maison.

— Super.

Le médecin se tourna vers l'amiral et lui remit ses papiers de sortie, expliquant en détail ce qu'elle devait surveiller dans les prochaines vingt-quatre heures.

— Des questions ou des inquiétudes ?

La question s'adressait à Storm, ce qui l'agaçait. Mais, à sa décharge, Storm la regarda en levant les sourcils. Elle secoua la tête, ayant juste envie de rentrer chez elle plutôt que de se lancer dans une dispute sur la misogynie.

— OK. Encore une fois, revenez si la douleur s'intensifie ou si vous avez d'autres symptômes. Je suis très heureux que vous alliez bien, madame Hamilton. Les gens qui envoient des courriers piégés sont des lâches, et c'est un soulagement que personne n'ait été plus gravement blessé.

Sur ces paroles, le docteur se retourna et quitta la pièce.

Jane se renfrogna quand la porte se referma derrière lui.

Storm leva une main.

— Avant que tu ne m'arraches les yeux, je n'ai rien à voir avec ça. Et je suis d'accord que c'était sexiste et gênant. C'est à toi qu'il aurait dû parler, pas à moi.

La colère de Jane se dégonfla instantanément.

— Je déteste ça, dit-elle. Je travaille sur cette base depuis très longtemps, on pourrait penser que je suis habituée à ce qu'on me prenne de haut, mais ce n'est pas le cas. Je suis parfaitement capable de prendre soin de moi, et c'est très impoli de sa part de m'ignorer et de s'adresser à toi plutôt qu'à moi.

— Je suis d'accord. Tu es prête à partir ?

Jane prit une profonde inspiration. Elle pouvait continuer à dénoncer le sexisme, sans parler du manque de professionnalisme du médecin, mais elle ne pouvait remettre en cause son expertise. Il avait également été aussi doux que possible lorsqu'il lui avait nettoyé les yeux et l'avait examinée.

— Je suis prête, dit-elle. Mais tu n'es pas obligé de me

ramener à la maison, Storm. Je suis une grande fille, je peux y aller toute seule.

— Je sais, mais ton appartement est sur mon chemin. Ce n'est pas un gros problème.

Jane se leva et le regarda de travers.

— Comment sais-tu où je vis ?

Elle jura avoir vu Storm rougir.

— J'ai... euh... regardé avant de venir ici. Si tu étais toujours là, je me suis dit que tu aurais peut-être besoin d'un chauffeur.

Jane ne put s'empêcher de sourire.

— Bien. Tu peux me ramener à la maison.

En sortant de la pièce, Storm déclara :

— C'est dur de te rendre service.

Jane haussa les épaules.

— Je suis seule depuis longtemps. J'ai dû tout faire moi-même. J'ai appris à la dure que compter sur quelqu'un d'autre ne m'apportait que des peines de cœur.

Storm la regarda alors qu'ils traversaient la salle d'attente de la clinique.

— Je suis désolé.

— Ne le sois pas. J'ai eu beaucoup de temps pour me remettre de mon ex. C'est quoi cette phrase des *Évadés* ? Sois occupé à vivre ou à mourir. J'ai choisi de vivre.

Puis Storm la choqua pour la deuxième fois en quelques minutes en lui tendant la main et en la prenant dans la sienne. Il le fit si doucement que cela lui parut tout à fait naturel et pas du tout gênant.

— Certains oiseaux ne sont pas faits pour être en cage, dit-il doucement alors qu'ils se dirigeaient vers le parking. Quand ils s'envolent, la partie de vous qui sait que c'était un péché de les enfermer se réjouit, mais l'endroit où vous vivez est beaucoup plus gris après leur départ.

Jane s'arrêta dans son élan, et comme il lui tenait la main, Storm s'arrêta aussi.

— Ça vient aussi des *Évadés*, ajouta-t-elle inutilement.

— Exact. Le meilleur film de tous les temps. Je l'ai regardé au moins une centaine de fois, et chaque fois que je passe d'une chaîne à l'autre et que je vois qu'il est diffusé, je le regarde. Le moment où Red raconte comment Andy Dufresne a rampé dans cinq cents mètres de merde et est sorti propre de l'autre côté me touche chaque fois, dit Storm.

Jane acquiesça.

— La plupart des gens ne pensent pas que c'est un film extraordinaire, mais je ne peux pas m'empêcher de penser à quel point Andy a changé la vie de tout le monde dans cette prison.

Puis elle rougit.

— Euh... je sais que c'est une fiction, mais...

— Je sais ce que tu veux dire, lui assura Storm.

Puis serra sa main.

— Viens, on va te ramener chez toi. Tu dois être fatiguée.

Et sans un mot, Jane le laissa prendre le volant de sa VW Golf quatre portes bleu marine. Quand ils furent à l'intérieur et se dirigèrent vers la sortie de la base, elle ne put s'empêcher de le taquiner.

— Une Golf ? demanda-t-elle.

Storm gloussa.

— Je sais, mais elle a un moteur de deux cent quatre-vingt-douze chevaux qui a la puissance d'une Ford Mustang. J'aime rester discret mais avoir la capacité de faire le travail quand il le faut.

Jane le dévisagea une seconde, puis se mordit la lèvre en essayant de ne pas rire. Mais cela ne servit à rien. Elle éclata de rire en voyant son air sérieux.

Il lui jeta un regard surpris, puis sourit. Quand elle reprit le contrôle, il reprit ironiquement :

— Je me suis mal exprimé. Je ne voulais pas le dire comme cela.

— Je m'en suis doutée, lui dit Jane.

— Tu devrais faire ça plus souvent, dit Storm.

— Quoi ?

— Rire.

Désormais gênée, Jane détourna les yeux pour regarder par la fenêtre.

— Merde, désolé. C'était un compliment. J'ai adoré le fait que même après la journée la plus merdique de tous les temps, tu puisses trouver une raison de rire. Ton sourire illumine ton visage et te rend encore plus belle que tu ne l'es déjà.

Jane se retourna pour regarder Storm. Elle avait la tête qui tournait en voyant comment il était passé de l'un des hommes à qui elle distribuait le courrier chaque jour à quelqu'un qui l'avait invitée à sortir et qui faisait maintenant tout son possible pour flirter avec elle. C'était aussi déroutant que flatteur et excitant. Mais Jane n'était pas prête à se lancer tête baissée dans une relation avec quelqu'un... elle était trop blasée pour cela.

— Tu me troubles, admit-elle à voix basse.

— Comment ça ? demanda-t-il sans hésiter.

— Il y a douze heures, tu ne savais pas que j'existais. Et maintenant...

Sa voix éteignit.

Storm grimaça.

— J'y vais trop fort. Je sais, je suis désolé. Voilà le truc... J'ai toujours été le genre d'homme à faire profil bas et à faire le travail. J'étais comme ça en tant que SEAL, et je suis comme ça en tant que commandant. J'ai tendance à me concentrer sur une seule chose à la fois, et ce n'est pas toujours une bonne chose. Je te connais depuis un moment, mais je n'ai jamais vraiment pris le temps de vraiment te connaître. Ce matin, j'ai réalisé que j'avais été idiot. Que tu étais devant moi tout ce temps, mais que j'étais trop occupé à regarder ailleurs, à faire mon travail. Je ne voyais pas l'arbre qui cachait la forêt. J'avais déjà décidé de changer ça. D'apprendre à te connaître encore mieux, et puis cette fichue bombe CS est arrivée. C'était un réveil brutal. Et je suis un homme très déterminé, Jane.

— Je ne suis pas une mission, rétorqua-t-elle gentiment. Tu ne peux pas décider que tu me veux et t'attendre à m'avoir.

Étonnamment, ses joues rougirent.

— Je sais, et je m'y prends mal. Je suis toujours prêt à y aller doucement, mais je te fais savoir dès le départ quelles sont mes intentions.

— Et quelles sont tes intentions ? demanda Jane. Je ne suis pas intéressée par un truc occasionnel, affirma-t-elle. Mais je ne suis pas nécessairement à la recherche d'un autre mari non plus. J'ai essayé, ça n'a pas marché. Je suis trop vieille pour sortir dans les bars et draguer les hommes, et honnêtement... je n'ai pas besoin d'un homme.

— Mais en veux-tu un ? demanda Storm à voix basse.

Surprise, Jane cligna des yeux.

— Je te le demande parce que plus je vieillis, plus je me rends compte à quel point je me suis senti seul. J'aime mon travail et ce que je fais, mais quand je suis allongé dans mon lit le soir, seul, je me demande ce que ce serait d'avoir quelqu'un avec qui partager ma vie. Je suis bien conscient que le temps passe et qu'à chaque tic-tac de l'horloge ma vie se raccourcit. Un jour, je devrai prendre ma retraite et je n'ai pas envie de passer le reste de mes jours en compagnie de moi-même.

Cette conversation était très profonde, mais Jane ne pouvait s'empêcher d'être encore plus attirée par Storm pour son honnêteté.

— Quand j'ai divorcé, je pensais trouver quelqu'un d'autre et me remarier. Mais, au fil du temps, et alors que j'avais du mal à élever ma fille, j'ai fini par me résigner au fait que je serais seule pour le reste de ma vie. Mais pour répondre à ta question précédente... je ne suis pas opposée à trouver un homme que je pourrais aimer à nouveau. Quelqu'un qui me respecte et qui n'attend pas de moi que je sois quelqu'un que je ne suis pas. J'aimerais quelqu'un qui partage certains de mes intérêts, afin que nous ayons quelque chose à raconter quand nous serons vieux et grisonnants. Enfin... plus vieux et plus grisonnants.

— Comme *Les Évadés* ? demanda Storm.

— Oui, dit Jane.

Elle sursauta en réalisant qu'ils étaient arrivés à sa résidence.

Storm s'arrêta à l'entrée et se retourna pour la regarder.

— Tu vas travailler demain ? demanda-t-il.

Jane hocha la tête.

— Oui. Ça va être de la folie. Je doute que la salle du courrier soit déjà vidée, mais le courrier ne s'arrête pas. Nous allons devoir tout trier à la main. Sans parler des clients mécontents dont les affaires sont bloquées dans les recoins de la salle du courrier. Je dois être là.

— J'étais sûr que c'est ce que tu dirais.

Jane lui donna mentalement un bon point pour ne pas avoir insisté pour qu'elle reste à la maison et se repose.

— Je sais que nous arrivons habituellement au travail à la même heure le matin. Je t'ai vue te garer sur le parking plus d'une fois. Comme ta voiture est toujours sur la base, je serais heureux de passer te prendre ici demain... si tu n'as pas pris d'autres dispositions.

La première tendance de Jane fut de refuser. De dire que c'était une contrainte pour lui de venir la chercher. Qu'elle pouvait appeler un taxi.

Puis elle reconsidéra la question. Elle était à moitié amoureuse de cet homme depuis des mois. Elle aurait été idiote de ne pas accepter son offre. Il pourrait s'avérer être un imbécile, mais au moins elle saurait et pourrait se débarrasser de son stupide béguin.

Mais si ce n'était pas le cas ? Et s'il était aussi incroyable qu'il semblait l'être ?

— J'apprécierais, lui dit-elle finalement.

Il sourit.

— Bien. Pendant une seconde, j'ai cru que tu allais refuser. J'aurais alors dû rentrer chez moi, panser mes plaies et trouver un autre moyen de passer du temps avec toi.

— Hé bien, tu m'as invitée à dîner demain, lâcha Jane, avant de le regretter immédiatement.

Zut, peut-être qu'il avait oublié, ou même changé d'avis.

— Je l'ai fait. Mais tu n'as pas encore répondu.

— Je n'aime pas les fruits de mer, fit-elle. Je sais que nous vivons près de la côte, mais je n'ai jamais aimé.

— C'est noté, répondit Storm. Je m'assurerai de trouver un endroit où l'on peut choisir parmi une grande variété de plats. Je n'aime pas les restaurants chics, dit-il. Surtout pas au premier rendez-vous.

— Ça me va. Je suis plus une fille du genre Del'Arte qu'Hippopotamus.

— Alors c'est un rendez-vous ? demanda-t-il.

Jane acquiesça.

Son regard s'enfonça dans le sien.

— Tu ne le regretteras pas. Je ne te décevrai pas, Jane, dit-il d'un ton sérieux.

— J'espère bien, répondit-elle. Bien que je doive te prévenir, j'ai toujours eu le béguin pour toi, alors tu as du pain sur la planche.

Elle ne pouvait pas croire qu'elle l'avait admis ouvertement, mais elle ne pouvait pas non plus nier que quelque chose chez Storm la mettait complètement à l'aise.

Jane aimait entrevoir la petite fossette de sa joue lorsqu'il souriait.

— Je ferai de mon mieux pour être à la hauteur de tes attentes.

Puis il leva une main et balaya une mèche de cheveux derrière son oreille. Sa peau était chaude, et elle n'avait qu'une envie, celle d'incliner sa tête dans sa main, mais elle s'en abstint.

— Merci de m'avoir aidée aujourd'hui, dit-elle. Je ne sais pas ce que j'aurais fait si tu n'étais pas venu.

— Je n'ai aucun doute sur le fait que tu te serais rendue à la station de décontamination et que tu te serais remise sur pied, répondit-il.

Jane n'en était pas si sûre, mais le fait qu'il ait confiance en elle lui faisait beaucoup de bien.

— J'espère que me voir presque nue ne t'a pas traumatisé à vie.

Elle ne savait pas pourquoi elle avait dit une telle chose. Elle avait décidé plus tôt de faire comme si l'épisode de la nudité n'avait jamais eu lieu. Que Storm North ne l'avait pas déshabillée et serrée contre lui sous le jet de la douche. Mais sa bouche avait la fâcheuse habitude de ne pas lui obéir en présence de cet homme.

Son pouce effleura sa pommette et il déclara :

— Sur le moment, je ne pensais à rien d'autre qu'à laver cette merde sur toi pour que tu puisses respirer à nouveau. J'étais en mode SEAL. Mais après, quand j'ai su que tu allais t'en sortir, je n'ai pas pu m'empêcher de te regarder debout devant moi, trempée, ne portant que tes sous-vêtements... et je dois dire que je ne me souviens pas de quelqu'un qui m'ait autant excité.

Se rappelant qu'elle était une femme mûre, et non une adolescente rougissante, Jane reprit :

— Je ne suis pas vraiment jeune... et j'ai le corps pour le prouver.

— Moi non plus, rétorqua-t-il. Et crois-moi... tu as un corps fait pour l'amour. Tes courbes feraient damner un saint, et je me considérerais comme un homme chanceux si tu décidais de te partager avec moi à l'avenir.

Elle aimait la façon dont il disait cela.

— Tu n'es pas trop mal non plus, se sentit-elle obligée de dire. Et tu n'avais absolument pas besoin de te déshabiller, mais... j'ai apprécié.

Ils se regardèrent fixement pendant un long moment. Jane n'avait aucune idée de ce qu'il pensait, mais elle aimait le regard d'adoration qu'elle croyait voir dans ses yeux lorsqu'il la fixait.

— Je devrais te donner mon numéro au cas où tu aurais besoin de quelque chose pendant la nuit. Si tes yeux empirent ou autre chose.

Jane acquiesça.

— OK.

Elle sortit son téléphone de son sac qu'un officier lui avait apporté, et programma son numéro lorsqu'il le lui récita. Puis elle lui envoya un texto rapide.

— Voilà, maintenant tu as aussi le mien.

— N'oublie pas de régler ton alarme pour te lever régulièrement afin de te rincer les yeux, lui rappela-t-il.

— Je n'oublierai pas.

— Si tu te sens mal ou si quelque chose te semble anormal, n'hésite pas à appeler. Je peux te ramener à la clinique.

— Ça va aller, lui dit Jane.

— Quand même, insista-t-il.

— OK, je te le ferai savoir.

— On se voit demain matin, fit Storm.

Jane hocha la tête et attrapa la poignée de la porte. Elle sortit, puis se tint maladroitement sur le trottoir devant son immeuble pendant un moment. Elle n'était absolument pas offensée qu'il ne lui ait pas ouvert la porte ou qu'il ne l'ait pas accompagnée dans l'immeuble. Il était tard, il avait fait l'effort de la raccompagner. Elle n'était pas prête à le mettre encore plus mal à l'aise en l'obligeant à se garer et à l'accompagner à l'intérieur alors qu'elle l'avait fait toute seule au cours des vingt dernières années.

Mais cela ne signifie pas qu'elle n'en eut pas toutes les sensations quand elle se retourna à la porte de son immeuble et qu'elle vit qu'il n'avait pas encore quitté le trottoir. Qu'il regardait pour s'assurer qu'elle arrivait à l'intérieur en toute sécurité.

Elle lui fit signe, et il lui fit un signe de tête en retour. Ce n'est que lorsqu'elle ouvrit la porte et s'engouffra à l'intérieur qu'il s'éloigna finalement du trottoir et rentra chez lui.

Cela faisait du bien de prendre une douche dans sa propre salle de bains et d'utiliser son propre savon. Elle se rinça les yeux une fois de plus, ne grimaçant qu'un peu à cause de la douleur cette fois, et se prépara à aller se coucher. Ignorant les grognements de son estomac, Jane se blottit sous ses couvertures et serra contre sa poitrine l'un des huit oreillers qu'elle gardait sur son lit.

La journée avait commencé comme toutes les autres,

puis avait pris une tournure horrible, mais maintenant, Jane se sentait presque étourdie par le lendemain. Elle serait débordée au travail et devrait probablement répondre aux mêmes questions sur son état de santé, mais rien ne pourrait atténuer son excitation.

Elle avait obtenu un rendez-vous avec *le* Storm North. Ses attentes ne correspondaient peut-être pas aux fantasmes qu'elle nourrissait à son égard depuis si long-temps, mais elle n'allait pas s'en inquiéter. Elle allait profiter du moment aussi longtemps qu'il durerait.

CHAPITRE QUATRE

Le lendemain matin, Storm se rendit à l'appartement de Jane à 5 h 32. Une des choses qu'il admirait chez Jane était son éthique de travail. Elle n'avait pas peur de travailler dur, et cela lui était très utile. Il avait travaillé comme un fou pendant si longtemps – se présentant tôt à la formation, faisant des heures supplémentaires sans se plaindre – que c'était une seconde nature pour lui. Il était sorti trop de fois avec des femmes qui se plaignaient de l'heure à laquelle il partait au travail et de l'heure à laquelle il rentrait le soir. Il avait le sentiment que Jane ne se plaindrait jamais de ça. En fait, il avait le sentiment qu'il serait celui qui souhaiterait qu'elle travaille un peu moins pour pouvoir passer plus de temps avec *lui*.

Storm aimait son travail, mais comme il l'avait dit à Jane la veille, il savait que son temps en tant qu'officier touchait à sa fin. Il avait eu une carrière extraordinaire dans les Marines, mais il ne pouvait pas travailler éternellement. Et il voulait profiter de sa retraite. Et voir Rocco et son équipe, ainsi que Wolf et son équipe, tous heureux en ménage dans des relations qui fonctionnaient parfaitement lui donnait envie de faire de même. Les choses avec Jane ne marcheraient peut-être pas, mais il était ouvert à une relation.

Il sortit son téléphone pour lui envoyer un message, pour lui faire savoir qu'il était là, mais ce ne fut pas nécessaire. Il la vit sortir de son immeuble et venir vers lui. Après avoir ouvert la porte de la voiture et qu'elle se fut assise, il l'observa pendant un moment.

— Salut, dit-elle joyeusement.

C'était une autre chose qu'il aimait chez elle. Elle était presque toujours de bonne humeur. Du moins, elle semblait l'être au travail. Sa simple présence le rendait plus heureux.

— Salut, répondit-il. On dirait que tu te sens mieux. Tes yeux ne sont pas aussi injectés de sang.

— Je me sens mieux. J'ai suivi les ordres du médecin et je me suis levée toutes les deux ou trois heures pour les rincer. Mais je risque d'être un zombie à la fin de la journée. J'aime mon sommeil, dit-elle avec un petit sourire.

Storm fronça les sourcils.

— Nous pouvons reporter le dîner si tu es trop fatiguée.

— Oh, non, je n'étais pas... je ne voulais pas sous-entendre... zut, dit-elle en fronçant le nez. Je vais bien, Storm. Je te promets. Certaines nuits, quand Rose était adolescente, je n'ai pas dormi du tout et j'ai quand même réussi à faire mon service. Je vais bien.

Plus Jane lui donnait des aperçus de sa vie, plus Storm voulait en savoir plus.

— Tu as mentionné à plusieurs reprises que ta fille était difficile à vivre, reprit-il, laissant sa voix s'éteindre alors qu'il s'engageait sur la route menant à la base.

— C'est un euphémisme, répondit Jane. Ce n'était pas une période facile, c'est sûr. Elle s'est rebellée contre toutes les règles que je lui ai données, m'a reproché le départ de son père et m'a détestée pendant toute sa scolarité. Elle pensait que je l'étouffais et que je ne voulais pas qu'elle s'amuse, alors qu'en réalité elle sortait avec des losers qui faisaient de leur mieux pour l'entraîner dans le monde de la drogue.

Jane secoua la tête.

— J'avais espéré avoir un lien étroit avec ma fille. La voir jouer de la flûte dans la fanfare et être fière lorsqu'elle aurait obtenu une place dans la National Honor Society... et au lieu de cela, j'ai passé la plupart de mon temps à l'intimider pour qu'elle aille à l'école et à rester physiquement devant sa porte, pour m'assurer qu'elle ne s'éclipsait pas au milieu de la nuit.

— Merde, je suis désolé, dit Storm.

Jane haussa les épaules.

— J'aime Rose, mais il y a eu des moments où je l'ai détestée... si cela a un sens.

— C'est le cas. Comment est votre relation maintenant ? reprit-il.

— Ça va. On ne sera jamais les meilleures amies, ce que je regrette profondément, mais elle m'appelle de temps en temps, et on arrive à avoir une bonne conversation.

— C'est bien, lui dit Storm.

— Oui. Tu as déjà été marié ? demanda Jane.

— Non. Et avant que tu me le demandes, pas d'enfants non plus. J'ai eu pas mal de rendez-vous quand j'étais SEAL, mais il ne m'a jamais semblé juste de lier quelqu'un à moi de façon permanente. J'étais souvent absent, et honnêtement, je mettais toute mon énergie dans mon travail. Je n'aurais pas été un bon mari.

— Et ça a changé maintenant ?

Storm la respectait pour avoir posé la question.

— Oui, en effet. Comme je ne suis plus dans les équipes actives, je suis à la maison tous les soirs. Enfin, presque tous les soirs. J'aime ce que je fais, et je prends au sérieux la sécurité des hommes de mes équipes. Mais je ne vis plus les missions comme avant. Je ne dis pas que je serai un mari ou un petit ami parfait, mais j'ai beaucoup appris au fil des ans. Sans compter que j'ai de sacrés bons modèles autour de moi. Le contre-amiral Creasy est l'un de mes mentors. Il est marié à Brenae depuis des années, et ils sont aussi amoureux aujourd'hui qu'ils l'étaient lorsqu'ils se sont rencontrés. J'admire cela.

— Je suis sûre que ça n'a pas été facile, pensa Jane à haute voix.

— Bien sûr que non. Elle a vécu l'enfer, mais elle n'a jamais renoncé à lui, et Dag fait tout son possible pour s'assurer que sa femme est heureuse et en sécurité.

— Tout le contraire de mon mariage, dit Jane.

Storm était ravi qu'elle s'ouvre à lui. Il appréciait qu'ils ne parlent pas de sujets superficiels comme la météo. Il avait envie d'apprendre à mieux connaître Jane, et c'est exactement ce qu'il se demandait... ce qui avait entraîné son divorce.

— Comment ça ? demanda-t-il en constatant qu'elle ne poursuivait pas.

— Jake a arrêté d'essayer. J'étais à la maison à l'attendre avec notre enfant, et lui s'amusait et ne se sentait pas responsable. Il rentrait à la maison, et je lui reprochais de me laisser seule et de ne pas m'aider davantage. Plus je râlais, plus il s'éloignait. Jusqu'à ce qu'il finisse par trouver quelqu'un de plus amusant, qui n'était pas si déprimant.

— Ce sont des conneries, lui dit Storm. Avoir un enfant est une énorme responsabilité. Il aurait dû le savoir dès le début. Et il faut être deux pour qu'une relation fonctionne. S'il ne t'aidait pas ou ne te donnait pas l'impression d'être appréciée, c'est de sa faute, pas de la tienne.

— Je suppose, dit Jane. De toute façon, ça n'a pas d'importance. Est-ce que j'aimerais que les choses soient différentes ? Oui et non. Oui, parce que cela aurait pu rendre Rose plus heureuse, rendre son adolescence moins difficile. Non, parce que j'ai appris à être une femme forte à la suite de son départ. Je ne pense pas que j'aurais eu la carrière que j'ai si nous étions restés ensemble, et je n'aurais certainement pas autant confiance en moi.

Storm admirait Jane. Elle était capable de trouver le bon côté d'une situation catastrophique.

— Tu es incroyable, dit-il doucement.

En la regardant, il vit qu'elle rougissait. C'était adorable.

— Je ne le suis pas. Je suis juste moi. As-tu entendu

quelque chose sur la personne qui a envoyé ce paquet ? demanda-t-elle.

Réalisant qu'il l'avait mise mal à l'aise, Storm se mit en tête de la complimenter aussi souvent que possible à l'avenir, pour espérer qu'elle croie vraiment qu'elle était merveilleuse et qu'elle ne pense pas qu'il lui raconte n'importe quoi.

— Pas encore. Le NCIS fait ce qu'il peut pour la retrouver. Mais les informations que tu leur as données sur l'emballage et l'adresse vont certainement les aider.

— Je ne peux pas imaginer que quelqu'un en veuille au contre-amiral. D'accord, je ne le connais que dans le cadre de mon travail, mais de ce que je sais, il a toujours été respectueux et gentil.

— Il l'est, reconnut Storm. Mais il a aussi dû prendre des décisions difficiles en matière d'effectifs et de missions. Et ça peut lui faire des ennemis.

— Tu penses que c'est quelqu'un qui a travaillé pour lui ? demanda-t-elle.

— Je pense qu'il est trop tôt à ce stade pour en être sûr. Mais, généralement, les gens qui envoient ce genre de merde par courrier sont des lâches et ont peur d'affronter quelqu'un en face à face. Ça pourrait aussi être quelqu'un qui n'a pas accès à la base et qui a donc dû recourir au courrier.

— Je n'ai pas pensé à ça, dit Jane avec inquiétude. Penses-tu qu'il est en sécurité ? Quelqu'un pourrait s'en prendre à lui chez lui.

Storm tendit la main et la prit dans la sienne. Il lui avait tenu la main la veille, et cela lui avait semblé si juste.

Tellement normal. Il n'était pas du genre à se laisser toucher, aussi il se surprit lui-même d'avoir à nouveau tendu la main vers elle, mais à la seconde où ses doigts se refermèrent autour des siens, une secousse traversa son corps, et il ne put se résoudre à la lâcher.

— Dag est toujours prudent. Il sera à l'affût de tout ce qui est inhabituel.

— Bien.

— Ce qui me fait penser… une fois que la presse s'emparera de l'histoire, les choses vont être mouvementées pour toi.

— Oui, je m'en doutais, dit Jane en haussant les épaules. Ils voudront connaître tous les détails et me harcèleront à ce sujet pendant quelques jours, puis une personnalité politique fera ou dira quelque chose de stupide et ils m'oublieront.

— Fais juste attention, OK ?

— Promis. Heureusement, ils ne peuvent pas m'atteindre sur la base, donc je me cacherai au travail comme d'habitude, et finalement ils en auront marre de surveiller mon appartement.

Storm fronça les sourcils, n'aimant pas l'idée qu'elle doive se battre contre les paparazzi juste pour rentrer chez elle. Mais comme elle ne semblait pas trop inquiète, il ne voulait pas en faire toute une histoire.

— Si tu veux une escorte, fais-le-moi savoir.

— Merci. Mais je pense que tu as assez trimballé mes fesses pour quelques jours.

Ils approchaient des portes de la base et Storm prit la carte d'identité que Jane avait sortie de son sac. Il la remit, ainsi que sa propre carte d'identité militaire, aux gardes, et hocha la tête lorsqu'ils la lui rendirent et qu'ils furent autorisés à continuer. Il chercha dans sa tête un sujet de conversation et se réprimanda mentalement lorsque rien ne lui vint à l'esprit. Il n'avait pas l'habitude de parler aux femmes, et il détestait ça.

Il se gara à côté de la seule autre voiture du parking de leur bâtiment, qu'il savait être celle de Jane, et coupa le moteur.

— N'en fais pas trop aujourd'hui, dit-il doucement.

Elle lui adressa un petit sourire.

— Je ne peux pas le garantir.

— Je sais. Tu me ressembles beaucoup. Mais je préfère t'avertir, je me suis fait tirer dessus une fois lors d'une mission et j'ai refusé de suivre les ordres de mon médecin, reprenant le travail trop tôt. J'ai fini par être absent une semaine et demie de plus parce que ma blessure s'est infectée et que je me suis retrouvé sur la touche.

— On ne m'a pas tiré dessus, dit Jane doucement. Je vais bien.

— Je sais, mais le gaz CS n'est pas vraiment amusant. Et tu en as reçu plein la figure. Vas-y doucement, OK ?

Elle hocha la tête. Après quelques secondes, elle dit :

— C'est bizarre.

— Qu'est-ce qui est bizarre ? demanda Storm.

— Avoir quelqu'un qui s'inquiète. J'ai été seule pendant si longtemps, j'ai fait face à tout ce que la vie a mis sur mon chemin par moi-même, que c'est juste un peu étrange que quelqu'un d'autre s'intéresse à mon bien-être.

— Je m'y intéresse, la rassura Storm. Je sais que nous

apprenons encore à nous connaître, mais je ne t'aurais pas demandé de sortir avec moi si je ne voulais pas voir où les choses entre nous peuvent aller. Et je ne peux pas apprendre à te connaître si tu tombes raide morte au milieu de la journée de travail, n'est-ce pas ?

Il aimait quand Jane riait.

— Exact.

Il n'arrivait pas à comprendre comment il avait pu manquer de la « voir » pendant si longtemps. Maintenant qu'il l'avait vue, il ne pouvait détacher ses yeux ou ses pensées d'elle.

— Allez, si nous restons assis ici plus longtemps, quelqu'un va se demander ce que nous faisons, dit-elle.

— Nous pourrions leur donner quelque chose à se demander, suggéra Storm avant de pouvoir s'en empêcher.

Il lui fallut une seconde pour réagir, puis elle se remit à rire.

— Je n'embrasse pas au premier rendez-vous, lui répondit-elle avec un clin d'œil. Mais peut-être demain.

À chaque mot qu'elle prononçait, Storm l'appréciait de plus en plus. Il pensait qu'elle le prévenait également de ne rien attendre après leur rendez-vous de ce soir, ce qui était intelligent de sa part et lui convenait parfaitement. Il appréciait leur cour... même si cela ne durait qu'un jour.

— Je t'aime bien, Jane Hamilton, lâcha-t-il.

Elle rougit et murmura :

— Je t'aime bien aussi, Storm North.

Puis ils sortirent de sa voiture et marchèrent côte à côte dans le bâtiment pour se rendre au travail.

* * *

Le travail était nul.

Mais ce n'était pas la première fois, et ce ne serait pas la dernière.

Jane fut occupée de la seconde où elle entra dans la pièce qui leur avait été attribuée pour la journée jusqu'à la seconde où elle sortit à dix-sept heures. Normalement, elle aurait travaillé tard, pour essayer de se rattraper, mais elle avait mal à la tête... et elle devait se préparer pour un rendez-vous.

Storm lui avait envoyé un message il y a quelques heures pour s'assurer qu'ils étaient toujours d'accord, et elle n'avait pas eu le cœur de lui dire non. D'ailleurs, elle voulait aller dîner avec lui. Elle voulait apprendre à mieux le connaître. Plus elle passait de temps avec lui, plus elle voulait en passer. Il pouvait certainement lui briser le cœur, bien plus que ne l'avait fait Jake. Mais qui ne risque rien n'a rien. Et c'était *Storm*. L'homme qu'elle convoitait depuis une éternité. Elle n'allait pas dire non.

La salle du courrier devrait être prête pour qu'ils puissent y retourner demain. Le NCIS avait terminé son enquête et elle avait été nettoyée de fond en comble pour éliminer l'odeur persistante du gaz CS. Jane était plus que prête à revenir à la normale, même s'ils allaient encore être en état d'alerte, le temps de voir si d'autres bombes seraient livrées à la base.

Mais, pour l'instant, Jane attendait avec impatience son rendez-vous. Cela faisait bien trop longtemps qu'elle n'en avait pas eu, et alors qu'elle se tenait devant son armoire, elle se demandait ce qu'elle devait bien porter.

Elle ne voulait pas avoir l'air de faire trop d'efforts, mais elle ne voulait pas non plus avoir l'air de s'en moquer.

Elle opta finalement pour son jean préféré et un haut noir à manches longues et à col en V, laissant apparaître ses épaules. Elle se sentait sexy et sûre d'elle, sans être trop ou pas assez habillée. Elle n'avait aucune idée de l'endroit où Storm l'emmenait dîner, mais elle pensait qu'elle ne pouvait pas se tromper avec ce qu'elle portait, quel que soit l'endroit où ils se retrouveraient.

Storm lui avait proposé de passer la prendre, et même si elle se sentait mal qu'il l'ait conduite partout ces derniers temps, elle avait accepté.

Elle ne fut pas surprise quand il frappa à sa porte cinq minutes plus tôt. Elle était toujours en avance, où qu'elle aille, et elle aimait qu'il semble pareil.

— Salut, dit-elle en ouvrant sa porte. Je suis prête, je dois juste prendre mon sac à main.

— Tu es magnifique, dit Storm en la regardant de la tête aux pieds.

Jane savait qu'elle rougissait, mais elle s'en fichait.

— Toi aussi. Je veux dire que tu es très beau.

Et il l'était. Il portait également un jean, qui collait à ses cuisses musclées. Elle avait l'habitude de le voir dans son uniforme, et il y avait quelque chose d'extrêmement sexy à le voir « habillé » en jean. Il portait un polo bleu clair qui semblait rendre ses yeux noisette encore plus brillants.

Il fit un pas vers elle, posa sa main sur sa taille et se pencha vers elle. Il l'embrassa brièvement sur la joue avant de se retirer.

— Tu sens bon, lâcha-t-elle, avant de froncer le nez.

Mais il se contenta de sourire.

— Merci. J'ai travaillé avec une de mes équipes cet après-midi et je savais que tu n'apprécierais pas d'être près de moi avec mon odeur, alors j'ai dû prendre une douche avant de venir.

— J'apprécie, dit-elle d'un air taquin. Certaines filles peuvent aimer l'odeur naturelle, mais je ne suis pas l'une d'entre elles.

— C'est noté, dit-il. Et toi aussi tu sens bon.

— Merci. C'est ma lotion.

Ils demeurèrent dans l'entrée de son appartement à se fixer pendant un long moment avant qu'elle ne dise :

— Je devrais prendre mon sac pour qu'on puisse y aller.

Ce n'est qu'alors que Storm fit un pas en arrière. Alors que Jane allait chercher son sac, elle ne pouvait s'empêcher de penser à l'alchimie qui régnait entre eux. Il semblait aussi qu'une fois qu'il avait décidé de la séduire, il était à cent pour cent dans le coup. Il était intense et concentré, et c'était bon d'être l'objet de son attention.

Et elle avait le sentiment que le béguin qu'elle avait eu pour lui depuis si longtemps n'était rien comparé à l'importance qu'elle pourrait avoir pour lui. Si elle ressentait cette attirance pour lui après seulement un jour, elle n'avait aucune idée de la puissance de ce sentiment s'ils continuaient à sortir ensemble.

Secouant la tête et décidant de profiter du moment présent, Jane prit son sac à main et revint là où elle avait laissé Storm. Comme un gentleman, il n'était pas entré plus loin dans son appartement et attendait toujours à sa porte. Ils sortirent de chez elle et elle ferma la porte derrière eux.

Storm lui prit la main alors qu'il la conduisait à l'ascenseur, et elle ne put s'empêcher de ressentir des frissons à ce contact. Une fois qu'ils furent dans sa voiture et en route, elle rompit le silence confortable pour demander :

— Alors, où m'emmènes-tu ce soir ?

Pour la première fois, Storm eut l'air nerveux.

— À propos de ça... j'ai pensé à ce que tu as dit ce matin, sur le fait d'être fatiguée et de devoir travailler deux fois plus pour suivre le courrier, et je me suis dit que tu pourrais être d'accord avec quelque chose de discret ce soir.

— Ça a l'air super, dit-elle honnêtement.

— Tu as un problème avec les médias ? demanda-t-il. Je n'ai vu personne devant ton appartement.

— Aucun problème. Les relations avec les médias ont donné un briefing aujourd'hui et mon nom a été mentionné comme étant celle qui a reçu le gaz lacrymogène au visage. Il y avait quelques journalistes qui traînaient dans le coin quand je suis rentrée, je leur ai fait une brève déclaration, et c'est tout. Je pense qu'ils sont plus intéressés par le contre-amiral, puisque c'était lui la cible de la bombe. Je me sens mal pour lui, mais je suis contente pour moi, dit Jane avec un sourire.

— Dag s'occupera de la presse. Ne t'inquiète pas pour lui. Je suis content que tu ne sois pas harcelée.

— Moi aussi, lui dit-elle.

Elle réalisa que Storm ne lui avait pas dit où ils allaient dîner quand ils arrivèrent dans le parking d'une série de maisons de ville haut de gamme pas très loin de la base. Il se gara sur une place de parking, coupa le contact, puis se tourna vers elle.

— J'abuse peut-être, mais j'ai pensé que je pourrais cuisiner pour toi ce soir. Tu peux te détendre et ne pas t'inquiéter que quelqu'un nous interrompe pendant que nous mangeons.

— Ça arrive souvent ? demanda Jane avec curiosité.

— Quoi ?

— Être interrompu pendant que tu es en rendez-vous ?

— Eh bien, je n'ai pas eu de rencart depuis très long-temps, mais oui, c'est connu, ça arrive une fois ou deux. Je voulais juste que tu puisses te détendre complètement ce soir. Ces derniers jours ont été difficiles pour toi. Mais si ça te met mal à l'aise, on peut très bien sortir quelque part.

Jane secoua la tête.

— Non, c'est bon. Mais j'ai une question avant d'accepter.

— Bien sûr. Tu peux me demander n'importe quoi, dit Storm.

— Tu sais cuisiner ?

Il sourit.

— Oui, Jane, je sais cuisiner.

— Bien. Parce que je suis nulle pour ça. J'adorerais passer la soirée avec toi chez toi. Mais, j'étais sérieuse tout à l'heure… je n'embrasse pas au premier rendez-vous.

— Tu ne risques rien avec moi, dit sérieusement Storm. Je ne te pousserai jamais à faire ce que tu ne veux pas faire.

— Merci. Je suis peut-être vieille, mais j'ai toujours le sens de la sécurité, lui dit-elle.

— Tu n'es pas vieille, et je n'ai aucun problème à ce que tu veuilles être en sécurité. Y a-t-il quelqu'un à qui tu veux dire où tu es ce soir ? Juste au cas où ?

Jane apprécia qu'il en parle.

— J'ai déjà dit à ma fille que j'aurais un rendez-vous ce soir. Elle connaît ton nom, ton grade et ton lieu de travail. Je lui enverrai un message dans un moment pour lui donner ton adresse. Elle s'en moque peut-être, mais au moins je l'ai dit à quelqu'un, donc si je finis découpée en petits morceaux et éparpillée dans la ville dans diverses poubelles, quelqu'un saura avec qui j'étais en dernier lieu.

Elle sourit, lui faisant comprendre qu'elle le taquinait… en quelque sorte.

Au lieu d'être offensé, Storm sourit encore plus.

— Bien. Viens, j'ai des repas à préparer. Je ne voulais pas commencer avant de venir te chercher au cas où tu voudrais plutôt sortir.

Jane ne lui laissa pas le temps de venir de son côté de la voiture et d'ouvrir sa porte, mais il l'attendait quand elle sortit, et il prit sa main dans la sienne une fois de plus. C'était fou comme elle s'habituait vite à ça. À ce qu'il lui tienne la main pendant qu'ils marchaient. Il avait un demi-pas d'avance sur elle, comme s'il la protégeait de tout ce qui pouvait leur tomber dessus.

Il la conduisit à un logement au bout de l'allée et ne lâcha pas sa main lorsqu'il déverrouilla sa porte. Il la poussa et l'entraîna à l'intérieur. Il déposa ses clés dans un bol posé sur une petite table dans l'entrée et se tourna vers elle.

— Quand tu seras fatiguée, dis-le-moi, et je te ramènerai chez toi.

— Merci.

Il la regarda un moment, puis dit avec un sourire en coin :

— Plus je passe de temps avec toi, plus je suis à l'aise. C'est un peu fou.

— Je ressens la même chose, le rassura-t-elle.

Il approcha sa main de son visage et passa son pouce sous son œil.

— Ils sont encore un peu rouges. Tu vois correctement ? Rien n'est flou ?

Le cœur de Jane fondit devant son inquiétude.

— Je vais bien. Le docteur a dit que la rougeur devrait disparaître dans un jour ou deux.

— Je déteste que ça t'arrive, dit doucement Storm. Je ne supporte pas les brutes. Et le connard qui n'a pas eu les couilles de s'en prendre directement à Dag n'est rien d'autre qu'une brute.

Pendant une seconde, Jane vit le SEAL dur à cuire que Storm devait être. Son regard était dur, et si elle avait été la cible de son ire, elle aurait uriné dans son pantalon, mais la fureur et le danger qu'elle avait vus dans ses yeux disparurent instantanément.

— Désolé, je ne voulais pas en parler.

— C'est bon. Et si je suis à nouveau la cible de quelque chose comme ça, je te veux à mes côtés, c'est sûr. Tu es plutôt du genre badass, Storm.

Il sourit et secoua la tête.

— J'espère que tu ne verras jamais cette partie de moi. J'ai fait des choses dont je ne suis pas vraiment fier dans ma vie. J'ai tué beaucoup de gens. J'ai fait de mon mieux pour laisser ça derrière moi.

— Je ne suis pas sûre qu'il soit sain d'oublier ce que tu as fait. Il faut apprendre à vivre avec et à aller de l'avant. Pour ce que ça vaut, tu es extrêmement respecté... du moins dans mon petit coin du monde. Tu n'agis jamais comme un connard avec mes employés et tu ne les prends jamais de haut, même s'ils ne sont que des commis au courrier. Cela signifie beaucoup. Ça n'a rien à voir avec le fait que tu aies tué des gens, des gens qui, j'en suis sûr, méritaient de mourir parce qu'ils étaient des terroristes à la noix, mais le genre de personne que tu es, une bonne personne, brille à travers tout ce que tu as fait dans le passé.

— Merci, lui dit-il. Et tes employés et toi n'êtes pas « n'importe quoi ». Vous travaillez dur et faites votre part pour assurer le bon fonctionnement de la base.

— Tu vois ? Tu es un mec sympa.

— Sauf quand quelqu'un que j'aime et respecte est menacé.

— Évidemment, lui dit-elle avec un sourire. Alors je m'attends à ce que tu sois un dur à cuire et que tu bottes les fesses des méchants.

Storm se mit à rire, et Jane était heureuse de voir une partie de la tension se dissiper dans ses yeux.

— Tu as dit que tu ne savais pas cuisiner, mais comment tu te débrouilles quand même ?

— Tu veux dire à part la fois où j'ai failli me couper le bout du doigt ? demanda Jane.

Elle ne put s'empêcher de rire en voyant son regard horrifié.

— Je plaisante ! Je plaisante ! le rassura-t-elle. Je suis une pro du découpage.

— Peut-être que je te laisserai couper la laitue pour la salade à la place, lui dit Storm en passant son bras autour de sa taille et en la serrant un peu dans ses bras avant de la tirer vers sa cuisine.

En gloussant, Jane réalisa qu'elle n'avait pas autant ri depuis un an et demi. Même après avoir été aspergée de gaz lacrymogène, elle n'avait pas été aussi heureuse depuis très longtemps.

Le simple fait d'être près de Storm la faisait sourire.

S'il te plaît, ne te moque pas de moi, supplia-t-elle silencieusement tandis que Storm l'installait sur un tabouret de bar et se dirigeait vers le réfrigérateur pour lui chercher une laitue pour préparer leur salade.

Storm baissa les yeux sur la femme qui dormait à ses côtés et sourit.

Il s'était plus amusé ce soir qu'il ne l'avait fait depuis longtemps. Elle avait préparé la salade pendant qu'il préparait les steaks qu'il avait achetés en rentrant avant de passer la prendre. Pendant qu'ils cuisinaient, ils avaient parlé de tout, de l'endroit où ils avaient grandi à leur aversion pour la circulation dans le sud de la Californie.

La conversation s'était déroulée facilement, et pas une seule fois les choses n'avaient semblé gênantes. Elle n'avait pas hésité à l'aider à faire la vaisselle et s'était mise à rire lorsqu'elle avait vu sa collection de tasses rigolotes qu'il avait acquises au fil des ans.

Après avoir débarrassé le dîner, ils s'étaient installés sur son canapé pour regarder – quoi d'autre – *Les Évadés*, et elle s'était endormie en quelques minutes. Storm savait qu'il devrait la réveiller et la ramener à la maison, mais il aimait la tenir dans ses bras pendant qu'elle dormait. Elle avait posé sa tête sur son épaule quand ils s'étaient assis et n'avait pas protesté quand il l'avait entourée d'un bras.

Storm n'avait aucune idée de ce qui semblait si bien chez Jane. Il avait eu beaucoup de premiers rendez-vous, et aucun n'avait été aussi satisfaisant que celui-ci. Peut-être était-ce parce qu'il n'y avait aucune pression concernant le sexe. Elle avait été plus que claire sur ce point, et honnêtement, c'était un soulagement. Storm avait besoin d'une connexion plus profonde avec quelqu'un, et avec Jane, c'était exactement ce qu'il obtenait.

Sur l'écran de télévision, le passage des *Évadés* où Andy Dufresne met l'opéra italien commença, et la musique fut forte dans la pièce. Jane remua et ouvrit les yeux.

— Merde, je me suis endormie, marmonna-t-elle.

Storm ne put s'empêcher de sourire à nouveau.

— C'est exact, convint-il.

— C'est impoli. Tu aurais dû me donner un coup de coude.

— Il n'était pas question que je fasse ça. Tu as eu deux jours difficiles. En plus, ce n'est pas pénible de te tenir, lui dit Storm.

Il aima la façon dont elle rougit.

— Tu veux que je te ramène chez toi ? demanda-t-il.

Il était ravi quand elle secoua la tête.

— Pas encore… si c'est d'accord. Je suis vraiment à l'aise. Et nous ne sommes pas encore arrivés à la bonne partie du film. J'adore la fin quand Red fait la narration et termine le film.

— C'est parfait, la rassura Storm.

— Peux-tu me parler de tes équipes ? demanda-t-elle.

— Waouh, c'est sorti de nulle part, répondit-il d'un air taquin.

Jane gloussa.

— Oui, mon esprit fonctionne de façon bizarre. Tout à l'heure, tu as dit que tes hommes réussissaient à avoir des relations amoureuses tout en étant dans une équipe SEAL. Cela m'a fait penser à ce qui s'est passé récemment dans le parking de notre immeuble, avec cette femme folle qui essayait de tirer sur ce SEAL, et comment sa petite amie a rampé sous les voitures pour attraper ses chevilles. Et j'ai réalisé combien ça a dû être dur pour toi de devoir punir Phantom pour avoir désobéi à ton ordre et être parti à l'étranger pour sauver sa petite amie, même s'ils ne sortaient pas ensemble à ce moment-là. Et *ça* m'a fait penser à la difficulté de trouver un équilibre entre le fait d'être leur patron et leur ami.

Storm gloussa. Il aimait avoir un aperçu de la façon dont son esprit fonctionnait. Il se déplaça un peu sur le canapé et soupira de contentement lorsque Jane se blottit plus profondément contre lui.

— Je ne sais pas par où commencer, admit-il.

— Avec combien d'équipes travailles-tu ?

— Trois. Et cela peut ne pas sembler beaucoup, mais

il est important pour moi d'enquêter sur tout ce qui concerne l'endroit où ils pourraient être envoyés afin qu'ils ne se dirigent pas vers une situation avec des informations incomplètes. C'est beaucoup de travail. Et lorsqu'une équipe est déployée pour une mission, je continue à rechercher d'autres régions du monde où les deux autres pourraient être envoyées. Sans parler de l'aide apportée à leurs familles pour tout ce qui peut survenir, ainsi que de la paperasserie gouvernementale. Ça m'occupe beaucoup.

Jane renifla.

— C'est le moins qu'on puisse dire, murmura-t-elle. Parle-moi de l'équipe qui a été impliquée dans l'incident du parking.

— Tu sais déjà que Phantom était celui qui était visé. Une femme avec qui il sortait était obsédée par lui et a décidé que si elle ne pouvait pas l'avoir, personne ne pourrait. Comme tu le sais, ça a été géré rapidement, et heureusement sans que personne ne soit blessé.

— J'ai entendu dire que tu lui as donné une tape sur les doigts pour avoir désobéi à tes ordres... C'était une décision difficile ?

— Pas du tout, lui répondit Storm. Ce qu'il a fait était stupide, simplement parce qu'il aurait pu être blessé. Il est allé chercher Kalee sans aucun renfort, ce qui aurait pu se terminer très mal. Mais voilà... c'est exactement le genre d'action que j'aurais fait à son âge. L'idée que cette jeune femme soit bloquée à l'étranger était horrible, mais sans l'approbation du gouvernement du Timor-Leste pour y retourner, nous avions les mains liées.

— Mais elle va bien ? demanda Jane.

Storm hocha la tête.

— Oui. Elle est incroyable. Et je suis très fière de Phantom. Je suis heureux que les choses fonctionnent entre Kalee et lui. Il mérite d'avoir quelqu'un d'aussi fort qu'elle à ses côtés. Ils le méritent tous. Rocco, Gumby, Ace, Bubba, et Rex… ce sont des hommes bons qui font tout ce qu'on leur demande sans se plaindre. Je suis heureux qu'ils aient chacun quelqu'un auprès de qui rentrer à la maison.

— Quelqu'un était-il là pour toi quand tu rentrais de mission ? s'enquit Jane.

Storm soupira.

— Pas vraiment. Il y avait des femmes ici et là, mais aucune ne pouvait supporter le secret qui accompagne mon travail. Elles n'aimaient pas ne pas savoir où j'étais ou quand je rentrerais. Et elles n'aimaient *vraiment pas* que je ne puisse rien leur dire des missions à mon retour. Certaines ont supposé que je les trompais à cause de tous ces secrets, et d'autres en ont eu assez que je ne sois pas là.

— Ce n'était pas juste, dit Jane doucement.

— C'était ce que c'était, déclara Storm sans ambages. Honnêtement, la plupart du temps, c'était un soulagement quand elles ont rompu. Je ne peux pas dire que j'étais le meilleur petit ami, et comme je l'ai mentionné, je ne pensais pas qu'il était juste de faire subir à quelqu'un le chagrin et l'inquiétude qui accompagnent le fait d'être la partenaire d'un SEAL. Je suis très fier de mes hommes. Ce n'est pas facile d'être un SEAL et d'avoir une famille.

Storm baissa les yeux et s'aperçut que Jane l'étudiait avec attention.

— Quoi ? demanda-t-il.

— C'est juste que... on dirait que tu t'es résigné à être célibataire.

Storm réfléchit à cette question pendant une seconde.

— Je suppose que je le suis un peu. Je ne fais plus partie d'une équipe SEAL, mais je suis tout aussi occupé maintenant que lorsque j'étais plus jeune. Je ne suis peut-être pas en première ligne pour me battre, mais je suis tout aussi investi que je l'étais alors. Je travaille de longues heures, et je ne suis pas sûr que quelqu'un veuille supporter ça.

Il voulut retirer les mots dès qu'il les eut prononcés, mais ils étaient déjà sortis.

— Quand mon mari m'a quittée, j'étais tellement occupée à essayer de garder la tête hors de l'eau et un toit au-dessus de nos têtes que je n'ai pas eu le temps de penser à sortir à nouveau. Ensuite, quand Rose a eu ses problèmes, je ne pouvais penser qu'à elle. Je me suis inquiétée pour elle pendant plusieurs années après son déménagement, parce que je savais qu'elle était dehors à se droguer et à faire d'autres choses dangereuses. Ce n'est qu'au cours des cinq dernières années que j'ai envisagé de partager à nouveau ma vie avec un homme. Mais... ce n'est pas aussi facile de trouver quelqu'un qui veuille sérieusement une relation à mon âge que lorsque j'avais vingt ans. Les gars avec qui je suis sortie avaient l'air de vouloir une « maman gâteau » qui paye pour tout afin qu'ils puissent rester à la maison et regarder le sport toute la journée, ou bien ils n'aimaient pas le fait que je n'avais pas besoin d'eux. J'ai pris l'habitude d'avoir ma propre entreprise, et je gagne assez d'argent maintenant pour être à l'aise. Cela fait peur à beaucoup d'hommes.

— Ça ne me fait pas peur, lui assura Storm. En fait, c'est un soulagement. Je suis heureux que tu gagnes ton propre argent et que tu puisses manifestement prendre soin de toi.

Ils se sourirent pendant un moment.

— Je suis juste désolé d'avoir mis tant de temps à te remarquer, dit honnêtement Storm.

Jane haussa les épaules.

— Peut-être que ce n'était pas le bon moment.

— Peut-être, en convint Storm. Même si je suis content d'avoir sorti la tête du guidon l'autre matin. Quand j'ai appris que tu avais des problèmes, je n'ai pas pu penser à autre chose qu'à te rejoindre.

— Je suis toujours embarrassée à ce sujet, admit Jane.

— Pourquoi ?

— Pourquoi ? Parce que tu m'as trouvée à quatre pattes, de la morve coulant de mon nez et venant de vomir mes tripes. Ensuite, j'ai dû me mettre quasiment à poil devant toi. Ce n'est pas exactement la façon dont j'imaginais que tu me remarquerais enfin.

— Tu veux savoir ce que j'ai vu quand je suis entré dans la salle du courrier ? demanda Storm.

— Non, dit Jane, mais elle hocha la tête en même temps.

Storm sourit, puis devint sérieux.

— J'ai vu une femme qui avait mis toute son équipe en sécurité. Qui était touchée, mais pas brisée. Et crois-moi, la première fois que j'ai inhalé du gaz CS, j'ai réagi bien plus mal que toi… et je n'en ai pas reçu en plein visage.

Elle leva les sourcils en signe d'incrédulité.

— C'est vrai, reprit-il. J'ai pissé dans mon pantalon et j'avais l'impression de cracher un poumon.

Storm adora le sourire que Jane essayait de lui cacher.

— Sérieusement ?

— Ouaip.

Puis il porta une main à son visage et releva son menton pour qu'elle soit forcée de le regarder.

— Ne sois pas gênée. D'abord, parce que tu as réagi de manière tout à fait normale. Je t'inviterai à observer les gars du camp d'entraînement pendant la formation au gaz CS pour que tu puisses voir par toi-même. Et deuxièmement, même si ce n'était pas vraiment approprié pour le moment et le lieu, tu n'as absolument pas à être gênée en ce qui concerne ton corps.

Elle partit d'un petit rire.

— Je suis sérieux. Tu as des courbes à tous les bons endroits, Jane… et il n'y a rien que j'aime plus que la douceur d'une femme contre ma dureté.

Storm savait que ses mots étaient un peu crus et qu'ils pouvaient avoir plus d'un sens, mais il était tout à fait honnête. Il en avait assez des femmes aux corps soi-disant « parfaits ». Il voulait une *vraie* femme. Quelqu'un qui n'avait pas peur de manger et avec laquelle il pouvait enfoncer les doigts dans sa peau. Jane correspondait parfaitement à ce profil.

— Mon ex avait l'habitude de m'appeler Jane l'ordinaire, admit-elle.

Storm caressa son visage avec douceur.

— C'était un idiot, je pense que c'est plus qu'évident compte tenu de la façon dont il t'a trompée et t'a laissée te débrouiller avec ta fille.

Il demeura immobile alors que le regard de Jane se plantait dans le sien. Il n'avait aucune idée de ce qu'elle pensait, mais espérait qu'il n'avait pas été trop honnête. Trop ouvert.

Lorsqu'elle soupira avant de tourner la tête vers la télévision et de s'installer à nouveau contre lui, Storm laissa échapper un souffle de soulagement.

— C'est fou, marmonna-t-elle. J'ai eu le béguin pour toi si fort pendant si longtemps… Je n'ai aucune idée de comment ça peut arriver.

Storm sourit.

— J'ai sorti la tête du guidon, lui rappela-t-il.

Elle gloussa, et Storm se détendit encore plus.

Ils reportèrent leur attention sur le film et regardèrent le moment préféré de Jane… Red racontant comment Andy s'était échappé de la prison. Ce n'est que lorsque Red marchait sur la plage au Mexique vers son vieil ami que Jane regarda Storm une fois de plus.

— Ce film ne vieillit pas.

— Non, tu as raison, dit Storm.

Alors que le générique défilait, Jane bâilla bruyamment.

— Il est temps de te ramener à la maison, dit Storm.

Il détestait la voir partir, mais ils avaient tous deux du travail le lendemain matin, et il savait qu'elle était épuisée.

— Merci pour le dîner, dit-elle quand ils se levèrent.

— Je t'en prie. C'était un réel plaisir.

— Je dirais que la prochaine fois c'est moi qui invite, mais tu sais déjà que je ne sais pas cuisiner.

Storm aimait ce qu'elle disait sans mots et ne pouvait s'empêcher de la taquiner un peu.

— Tu me demandes de sortir pour un deuxième rendez-vous ?

— Si je le faisais, dirais-tu oui ?

— Abso-lu-ment.

— Alors je te le demande.

— Bien. J'ai hâte d'y être.

— Moi aussi, dit Jane timidement.

— Viens, Cendrillon, rentrons à ton appartement avant que tu ne te transformes en citrouille.

— Je pense que tu as mélangé tes contes de fées, dit-elle en riant.

Storm se fichait des contes de fées, alors il se contenta de sourire.

Il lui tint la main tout au long du trajet, et cette fois-ci, lorsqu'il s'arrêta, il sortit de la voiture et l'accompagna jusqu'à la porte de la résidence. Il prit sa main une fois de plus, la porta à sa bouche et en embrassa le dos.

— Merci d'être venue, lui dit-il.

— Merci de m'avoir invitée.

— Dors bien.

— Je pense que ça va être le cas, dit-elle avec un petit sourire.

— Je te vois demain matin ? demanda-t-il.

Jane acquiesça.

— Probablement. Nous sommes censés pouvoir retourner dans la salle du courrier, donc ça va être la folie jusqu'à ce que nous retrouvions le rythme des choses et que nous éliminions le retard de colis et de courrier.

— Ne travaille pas trop dur, lui dit Storm.

— Je pourrais TE dire la même chose, plaisanta-t-elle.

Storm serra sa main, puis la lâcha et fit un pas en arrière. Il avait envie de l'embrasser. Très envie. Mais il respectait son principe de ne pas l'embrasser au premier rendez-vous.

— On reste en contact, dit-il.

Jane acquiesça.

— Rentre, ma chérie, lui ordonna-t-il.

Avec un dernier long regard vers lui, elle se retourna et entra dans le hall de sa résidence, lui faisant un petit signe adorable avant de se diriger vers les ascenseurs. Storm retourna à sa voiture et y monta. Sur le chemin du retour, il pensa à ces dernières heures. À quel point il avait apprécié de passer du temps avec Jane. Elle était... réconfortante. Il ne ressentait pas le besoin de la divertir constamment ou d'entretenir la conversation. Chaque fois qu'il y avait des silences, ils semblaient naturels.

Presque tout en elle lui semblait normal. Cela aurait dû lui faire peur, mais au contraire, cela le rendait encore plus déterminé à mieux la connaître. Il savait que cela faisait des années que son ex l'avait quittée, mais il pensait toujours que cet homme était un idiot. Mais comme cette idiotie avait ouvert la porte à Storm aujourd'hui, il ne pouvait pas en être trop contrarié.

Storm ignorait comment il était passé de célibataire endurci à amoureux d'une femme en un jour et demi, mais il n'allait pas remettre cet état de fait en question. Il s'était passé trop de choses dans sa vie que l'on pouvait qualifier de miracles pour qu'il s'interroge sur le moment où il avait enfin vu ce qu'il avait sous les yeux.

Pour la première fois depuis longtemps, Storm était excité par autre chose que le travail. Il n'avait aucune idée de ce que l'avenir lui réservait, à Jane et lui, mais il allait travailler très dur pour être le genre d'homme qu'elle méritait.

CHAPITRE CINQ

Jane baissa les yeux sur son téléphone et sourit en voyant le message qu'elle venait de recevoir de Storm. Deux semaines s'étaient écoulées depuis leur premier rendez-vous, et ils n'avaient réussi à se voir qu'une seule fois depuis, mais ils se parlaient par texto et par téléphone tous les jours.

Storm : J'ai vingt minutes avant de me rendre à ma prochaine réunion... peux-tu récupérer mon courrier et l'apporter à mon bureau ? :)

Les choses avaient été mouvementées pour eux deux, elle à cause des mesures de sécurité accrues consistant à examiner chaque courrier entrant en réponse à l'incident de l'attentat à la bombe, et Storm parce qu'une de ses équipes était en mission et qu'il avait fait des heures supplémentaires pour s'assurer qu'ils étaient en sécurité et avaient toutes les informations disponibles pendant leur absence.

Ils avaient tous deux été libres un jour vers midi et étaient allés à la cafétéria de la base ensemble pour leur deuxième rendez-vous. Ce n'était pas aussi satisfaisant que de pouvoir se détendre complètement comme ils l'avaient fait dans sa maison, mais elle aimait toujours voir Storm en mode professionnel. Le voir dans son uniforme bleu lui faisait quelque chose. Il était beau et obtenait le respect de tous ceux qui l'entouraient. Il y a dix ans, elle aurait probablement eu honte d'être vue avec lui – après tout, elle n'était qu'une simple contractuelle –, mais, aujourd'hui, elle était plus âgée et plus sage, et Jane était fière d'être avec lui.

Elle prit une pile de lettres et d'enveloppes interbases qui lui étaient adressées et dit à ses employés qu'elle serait absente un moment. Tout le monde dans la salle du courrier semblait s'être rapproché après l'incident de la bombe. Ils savaient tous que n'importe lequel d'entre eux aurait pu recevoir du gaz lacrymogène dans le visage, et ils semblaient tous se préoccuper un peu plus les uns des autres au fil des jours.

Le NCIS était venu interroger toutes les personnes présentes dans la salle du courrier, mais Jane entendit dire qu'ils n'étaient pas près de trouver la personne qui avait envoyé la bombe.

Chassant ces pensées de sa tête, elle grimpa les escaliers jusqu'au dernier étage où se trouvait le bureau de Storm.

Elle salua les quelques personnes qu'elle croisa avec un sourire amical et sentit des papillons dans son ventre à l'idée de revoir Storm. C'était idiot, mais elle ne pouvait pas s'en empêcher. Il avait décuplé ses attentes et ses rêves. Elle n'aurait jamais pensé qu'il serait aussi attentif qu'il l'était... même lorsqu'ils ne se voyaient pas.

Mais lui faire savoir qu'il ne rechignerait pas à la voir lorsqu'il aurait une petite pause signifiait beaucoup pour elle. Son ex la faisait toujours passer pour une idiote quand elle se plaignait de ne pas le voir souvent, alors le fait que Storm l'invite quand il avait vingt minutes de libres la rendait très heureuse.

Elle entra dans son bureau extérieur et sourit à son assistant administratif.

— Bonjour, lança-t-elle joyeusement.

— Hé, Jane. Dieu merci, tu es là. Il a été d'une humeur massacrante. Je sais que te voir va le rendre un peu moins grincheux.

Jane gloussa.

— Je ferai de mon mieux, mais je ne promets rien.

Elle était soulagée que son bras droit ne semble pas avoir de problème avec le fait qu'ils se voient. Apparemment, Storm avait indiqué à son administration qu'ils sortaient ensemble et qu'elle était la bienvenue dans son bureau lorsqu'il n'était pas en réunion.

Ne pas être un vilain petit secret lui faisait du bien.

Jane se dirigea vers le bureau de Storm et frappa doucement à la porte. Elle la poussa un peu et dit,

— Storm ?

— Entre ! cria-t-il.

Jane entra dans la pièce, fermant la porte derrière elle.

— Hé, dit-elle presque timidement quand elle fut devant son bureau.

— Viens ici, dit Storm en tendant un bras.

Jane contourna son bureau pour se mettre à ses côtés, ne sachant pas exactement à quoi s'attendre, et posa le courrier qu'elle avait apporté pour lui sur son bureau.

Lorsqu'elle fut à ses côtés, Storm se leva et mit une main derrière son cou. Il la poussa doucement à se pencher et, lorsqu'elle le fit, il l'embrassa légèrement sur les lèvres.

Ce n'était qu'un baiser, mais la secousse qui traversa son corps fut immédiate et la chair de poule envahit ses bras. C'était leur premier baiser, et même s'il n'était pas vraiment intime, il était tout de même frappant par son intensité.

— Merde, désolé, dit Storm, en lâchant son cou et en passant une main sur son visage. Je ne voulais pas aller trop loin.

— C'est... c'est bon, le rassura Jane.

Elle le regarda plus longuement et réalisa qu'il avait l'air très stressé. Il fronçait les sourcils et arborait des rides profondes sur le front. Sans réfléchir, elle poussa quelques papiers hors de son chemin et s'assit sur son bureau à côté de lui.

— Est-ce que tu vas bien ? demanda-t-elle doucement.

Storm soupira.

— Je suis fatigué, admit-il.

— Ton équipe ? demanda-t-elle.

— Ils vont bien. Ils ont rencontré quelques problèmes, mais ils sont tous vivants et relativement indemnes. Ils seront à la maison dans les vingt-quatre heures. Dieu merci.

— Bien, dit Jane.

Elle se leva et prit une de ses mains dans la sienne. Il posa sa paume sur sa cuisse et passa son pouce sur le dos de sa main.

— Bon sang, c'est bon de te voir, dit Storm en déplaçant sa chaise pour poser son bras libre sur son bureau à côté de sa hanche.

Jane sentait la chaleur de son corps contre le sien, et même si elle était assise au-dessus de lui et qu'elle le regardait de haut, elle se sentait quand même entourée par lui.

— Quand ton équipe rentrera... auras-tu le temps de venir dîner ? demanda-t-elle. Je suis nulle en cuisine, mais ça ne veut pas dire que je ne peux pas commander un super dîner dans un de mes restaurants préférés.

Il leva les yeux vers elle.

— J'aimerais beaucoup ça, dit-il.

— Bien.

— Je suis désolé de ne pas avoir été très présent, lui dit-il.

Jane secoua la tête.

— Ne le sois pas. Je savais dans quoi je m'engageais quand j'ai accepté de sortir avec toi. Bon sang, tu me l'as dit clairement quand j'étais chez toi. J'aime qui tu es, Storm. J'aime que tu t'inquiètes pour tes hommes. Je t'admire. Le fait que tu prennes le temps, malgré ton emploi du temps très chargé, de m'envoyer des SMS, de m'appeler, de me faire savoir que tu penses à moi, même si tu n'as pas le temps de me voir, signifie beaucoup pour moi.

— Tu mérites mieux, dit-il doucement.

— Que quoi ? Un homme qui m'envoie un texto juste pour me faire savoir que je lui manque ? Quelqu'un qui me laisse un long message vocal parce qu'il a pensé par hasard à la partie de notre film préféré où Andy dit à Red que l'espoir est une bonne chose, la meilleure des choses, et qu'aucune bonne chose ne meurt jamais... et qu'il espère que notre relation fonctionnera parce qu'il ne peut s'empêcher de penser à moi ? Mon Dieu, Storm, tu as été plus attentif à moi ces deux dernières semaines, sans qu'on se voie, qu'aucun autre homme ne l'a jamais été. Tu n'as aucune raison de t'excuser.

Storm serra la main qui était posée sur sa cuisse et enroula l'autre autour de ses fesses. Puis il la surprit en se penchant et en posant son front contre son genou. Jane leva une main pour passer ses doigts dans ses cheveux.

Elle ne savait pas combien de temps ils restèrent ainsi, mais elle se sentait plus proche de Storm qu'elle ne l'avait jamais été d'un autre homme. Jamais. Cela aurait dû lui faire peur. Ils ne s'étaient même pas embrassés et n'avaient pas passé beaucoup de temps ensemble, mais il avait montré par ses actes qu'il n'était pas comme les hommes qu'elle avait fréquentés dans le passé. C'était un adulte, un homme honorable. Un homme qu'elle désirait ardemment apprendre à connaître intimement.

Ils entendirent l'assistant administratif de Storm saluer quelqu'un dans l'autre pièce au même moment. La tête de Storm se leva et il lui serra la main une dernière fois. Jane vit le masque tomber sur ses traits. Sous ses yeux, il passa de l'homme fatigué à l'amiral toujours aussi compétent et maître de lui.

Quand quelqu'un frappa à la porte, Jane se leva et fit face à la porte.

— Entrez ! cria Storm.

Le contre-amiral Dag Creasy apparut dans l'embrasure de la porte.

— Dag, dit Storm avec un sourire. C'est bon de te voir.

— Pareil, dit l'autre homme en lui rendant son sourire.

Jane commença à glisser sur le côté pour s'éloigner, mais le contre-amiral lui fit signe de rester.

— Ne partez pas, Jane. Je ne voulais pas vous interrompre.

— Mais tu l'as fait, dit Storm à son ami en simulant l'irritation. Alors vas-y, que je puisse retrouver un peu de calme avec ma copine avant que les ennuis ne recommencent.

Dag ne se vexa pas. Il se contenta de sourire et s'assit sur l'une des chaises devant le bureau de Storm.

Jane n'était pas sûre de ce qu'elle devait faire. Devait-elle rester où elle était ? Aller s'asseoir sur l'autre chaise ? Partir ? Elle avait toujours aimé le contre-amiral, mais elle ne le connaissait pas vraiment et n'était pas sûre du protocole à suivre dans un cas comme celui-ci.

— Le NCIS n'a rien trouvé sur la personne qui t'a envoyé la bombe ? demanda Storm en tendant la main et en rapprochant Jane de lui.

Elle trébucha légèrement, mais finit par se reposer sur le bras de sa chaise. Le bras de Storm entoura sa taille pour la stabiliser et elle respira à peine alors qu'elle était assise à côté de lui.

— C'est pour ça que je suis là, dit Dag en se penchant en arrière, sans paraître du tout surpris ou irrité qu'elle soit pratiquement assise sur les genoux de Storm.

— On m'a envoyé le rapport préliminaire aujourd'hui, et je voulais t'en parler.

— Je devrais y aller, répéta Jane.

— Restez, ordonna Dag. Cela vous concerne autant que les autres. Après tout, c'est vous qui avez subi le poids de la colère de ce connard. Ce n'est que justice.

— Qu'ont-ils découvert ? demanda Storm.

Jane devait admettre qu'elle était curieuse, alors elle resta où elle était et écouta avec une attention soutenue.

— On a reconstitué un mot retrouvé dans la boîte. La personne qui l'a écrit ne m'apprécie pas manifestement. Elle n'arrêtait pas de dire que j'étais un officier de merde et que je n'étais pas apte à diriger qui que ce soit. La personne a dit que j'étais rancunier et que je punissais les Marines injustement. Le NCIS pense qu'il a été envoyé par quelqu'un qui a été traduit en cour martiale alors qu'il était sous mon commandement.

— Ça devrait réduire considérablement les possibilités, dit Storm. C'est bien, n'est-ce pas ?

Dag haussa les épaules.

— Oui et non. Il est logique que ce soit quelqu'un qui a été traduit en cour martiale récemment, mais si ce n'est pas le cas ? Il y a eu des centaines de marins qui ont été sanctionnés au fil des ans sous mon commandement.

— Et l'écriture sur la boîte ? Peuvent-ils l'identifier ? demanda Jane avant de rougir lorsque les deux hommes la regardèrent. Euh... désolée, je suis sûre qu'ils y ont pensé.

— Ils l'ont fait, dit Dag avec un petit sourire. Et c'est un échec. La Marine ne garde pas d'échantillons d'écriture de ses Marines. Comme vous le savez, il n'y avait pas d'adresse de retour et les timbres ont été raturés à la main, ce qui rend le suivi plus difficile. L'encre était tachée et illisible, donc il n'y a aucun moyen de savoir comment la boîte s'est retrouvée dans le système de courrier.

Jane acquiesça.

— Oui, ça rend les choses plus difficiles. Il a pu être déposé en mains propres ou envoyé par le système de courrier de la base. Êtes-vous toujours en danger, monsieur ?

L'expression de Dag s'adoucit.

— Je peux prendre soin de moi, répondit-il.

Ce qui n'était pas une réponse.

— Bien sûr que vous pouvez, admit Jane. Mais pardonnez-moi d'aller trop loin, et si la personne décide de passer à la vitesse supérieure ? Mettre du gaz lacrymogène dans une boîte est une chose, mais elle pourrait décider de livrer une boîte en mains propres à votre belle maison sur l'océan. Ça pourrait être une vraie bombe la prochaine fois. Que fait le NCIS pour trouver qui a fait ça pour que vous soyez en sécurité ? La dernière chose dont vous devez vous inquiéter en quittant le travail est que quelqu'un s'en prenne à vous, surtout après tout ce que vous avez fait pour votre pays.

Sa voix était plus forte lorsqu'elle termina, et Jane réalisa qu'elle était pratiquement en train de crier et rougit.

— Je l'aime bien, dit Dag en regardant Storm.

— Elle est sympathique, dit Storm. Et tu as ta femme, alors ne la regarde plus.

Jane regarda les deux hommes, partagée entre la gêne et l'incrédulité face à leur badinage.

— Pour répondre à votre question, Jane, dit Dag, faisant comme si l'échange entre lui et Storm n'avait pas eu lieu, le NCIS fait tout ce qu'il peut pour résoudre cette affaire. La dernière chose que je veux, c'est qu'un autre innocent soit pris entre lui et moi. C'est déshonorant de sa part de mettre quelqu'un d'autre en danger à cause de ses propres griefs. Si on me livre chez moi un paquet que je n'attends pas, vous pouvez être sûre que je ne le prendrais jamais sans m'assurer qu'il soit sans danger. Je n'ai pas encore eu l'occasion de vous le dire personnellement, mais je suis vraiment désolé que vous ayez été prise au milieu de ce... quoi que ce soit.

— Ce n'est pas votre faute, monsieur, lui dit-elle.

— Peut-être, peut-être pas. Cela reste à voir. Mais, s'il vous plaît, restez très vigilants. Tant que nous n'aurons pas découvert comment ce paquet est passé par notre système postal, personne n'est en sécurité. Comme vous l'avez dit, la dernière chose que je veux c'est m'inquiéter que quelqu'un d'autre soit blessé, dit le contre-amiral.

— Je le ferai. Nous le ferons. Nous sommes très prudents, répondit Jane.

— J'ai vu votre interview aux infos, dit Dag. Est-ce que la presse vous a déjà lâchée ?

Jane acquiesça.

— Oui, ils ont été plutôt sympas, en fait. Ils voulaient connaître les détails de ce qui m'était arrivé, mais une fois qu'ils ont réalisé que j'étais juste une victime au hasard, ils ont perdu leur intérêt assez rapidement.

— Soyez juste prudente, car celui qui a envoyé ce paquet a pu voir la couverture et pourrait s'en prendre à *vous*.

— Moi ? demanda Jane avec surprise.

— Oui. Ils n'ont pas réussi à m'atteindre, *moi*, la personne qu'ils visaient, et dans leur esprit, ils pourraient penser que vous les en avez empêchés.

— C'est fou, dit Jane.

— Envoyer un courrier piégé, c'est de la folie, dit Dag en haussant les épaules. Soyez très prudente jusqu'à ce que la personne qui a envoyé le paquet soit arrêtée.

Cela faisait longtemps que quelqu'un ne s'était pas inquiété pour elle. Et maintenant, en l'espace de deux semaines, deux hommes qu'elle admirait essayaient de s'occuper d'elle. Elle savait que Dag était heureux en ménage, mais c'était quand même agréable. Très agréable.

— Il a raison, dit Storm. Je n'y avais pas vraiment pensé, mais Dag a tout à fait raison.

— Il ne s'est rien passé, dit Jane en essayant de les rassurer tous les deux. Je vais bien.

— Je la surveillerai de plus près, dit Storm à Dag.

Jane aurait souhaité être contrariée qu'il parle d'elle, mais elle ne pouvait pas s'y résoudre. Pas alors qu'il était évident qu'il se sentait concerné.

— Tu as besoin d'aide pour consulter les dossiers des récentes cours martiales ? demanda Storm au contre-amiral.

Jane grimaça, car elle savait que Storm était déjà

surchargé de travail, mais elle n'était pas vraiment surprise qu'il se soit proposé.

— Merci, mais non. Je sais que tu n'as pas vraiment le temps de chercher une aiguille dans une botte de foin. Mais je te tiendrai au courant parce que j'ai le sentiment que ce n'est pas fini. Celui qui a envoyé cette bombe de gaz CS voulait que je souffre, et parce que ce n'est pas arrivé, nul doute qu'il n'est pas content. Ça pourrait être demain ou dans trois mois. On ne sait pas quand cette personne va réessayer.

Jane frissonna, et Storm dut le sentir, car il serra ses hanches d'un geste rassurant.

Puis le contre-amiral changea de sujet.

— Ton équipe va bientôt rentrer, non ?

— Oui, demain soir si tout va bien, dit Storm.

— Je te demande de prendre au moins deux jours de repos, dit Dag l'air sévère.

Storm ouvrit la bouche pour protester, mais le contre-amiral lui coupa la parole.

— Pas de mais. Je sais que tu as d'autres équipes et des choses à faire, mais tu as brûlé la chandelle par les deux bouts ces derniers temps. Prends du temps libre. Dors. Détends-toi. Lis un foutu livre. Je me fiche de ce que tu fais, mais je ne veux pas entendre que tu as été au bureau. Compris ?

— Oui, monsieur, dit Storm.

Dag gloussa.

— La plupart des gens seraient heureux d'avoir du temps libre.

— Je le suis, insista Storm. Il n'y a rien que j'aimerais plus que de passer du temps avec Jane.

— Bien, dit Dag. J'aurais juste souhaité que ce soit dans de meilleures circonstances.

— En ce qui me concerne, il n'y a rien que je veuille faire plus que de traîner avec Jane et m'assurer que celui qui est derrière cette bombe n'ait pas une seconde chance de faire des ravages.

Ses mots firent du bien à Jane. Elle n'aimait pas l'empêcher de travailler, mais elle aimait qu'il ne soit pas contrarié de prendre des congés pour passer du temps avec elle.

— Ce n'est pas facile de sortir avec un Marine, dit Dag en regardant à nouveau Jane, mais je peux vous garantir que même quand Storm n'est pas avec vous, il pense probablement à vous. Je sais que c'est ce que je ressens pour ma Brenae. Je vais vous laisser tous les deux alors.

— Tu me diras si tu as des pistes sur le poseur de bombe ? demanda Storm en se levant et en serrant la main de Dag, tandis que Jane se levait également.

— Bien sûr, dit le contre-amiral.

Puis il fit un signe de tête à Storm et Jane et se retourna pour quitter le bureau, fermant la porte derrière lui.

Storm étant Storm, il n'hésita pas à agir. Il se tourna vers elle et passa un bras autour de sa taille, tandis que l'autre se glissait dans les cheveux de sa nuque. Il l'attira contre lui, et Jane put sentir chaque centimètre de son corps dur contre le sien. Elle rougit, se demandant si c'était même autorisé... un officier fréquentant une contractuelle dans son bureau.

Mais la porte était fermée, et il n'y avait plus qu'eux deux.

— Demain soir, c'est vendredi, dit-il tranquillement.

— Je sais, dit Jane avec un petit froncement de sourcils.

— Apparemment, j'ai le week-end de libre. Une fois que mes hommes seront rentrés et que nous aurons terminé le débriefing, je serai libre pendant quarante-huit heures.

— Bien. Tu as besoin d'une pause, dit-elle.

— J'aimerais passer ce temps avec *toi*, dit Storm. Autant que tu voudras bien m'en accorder.

Jane n'était pas sûre de ce qu'il demandait, mais elle était tout à fait disposée à accepter.

— OK.

— C'est tout ? demanda-t-il.

Jane hocha la tête.

— Oui. Je n'aime pas jouer. Je t'aime bien, Storm. Je veux passer du temps avec toi. Apprendre à mieux te connaître. Je sais que ce n'est pas habituel pour toi d'avoir autant de temps libre, alors je suis d'accord pour être égoïste et vouloir tout garder pour moi.

Il sourit.

— Bien. Nous avons eu deux rendez-vous, lui rappela-t-il.

— Tu comptes aussi le déjeuner de l'autre jour comme un rendez-vous ? demanda-t-elle avec un sourire.

— Absolument. Et tu m'as dit avant notre dîner que tu n'embrasses pas au premier rendez-vous, mais qu'en est-il du troisième ?

Jane ne put s'empêcher de sourire.

— Je pourrais... si c'est le bon.

Il sourit en retour, puis ajouta :

— Je ne voulais pas sauter le pas tout à l'heure. C'était instinctif. Je t'ai vue, et tu étais comme une lumière dans mon état d'épuisement. J'ai alors agi sans réfléchir et je t'ai embrassée.

— Tu penses que c'était un baiser ? dit Jane sur un ton moqueur.

Son sourire s'agrandit.

— Sache, Storm North, qu'un petit bisou sur les lèvres n'est pas un vrai baiser chez moi. Je veux un vrai baiser pour notre troisième rendez-vous, lui dit-elle, se sentant plus courageuse qu'elle ne l'avait jamais été.

Elle désirait cet homme depuis toujours, et elle serait damnée si elle agissait comme une nigaude timide et laissait l'homme de ses rêves lui glisser entre les doigts. Elle avait appris au fil des ans que si elle voulait quelque chose, elle devait se démener pour l'obtenir.

— C'est noté, dit-il avec un regard si chargé de désir qu'elle eut envie de lui sauter dessus sur-le-champ. Donc ça ne te dérange pas si je te donne un autre *bisou*, comme tu l'as appelé, avant que tu ne partes pour retourner au travail ? Puisque ça ne compte pas ?

— Non, répondit Jane en retenant sa respiration.

Il se pencha vers elle très lentement, son regard ne quittant pas le sien. Jane ne put garder les yeux ouverts, les fermant quelques secondes avant que ses lèvres ne touchent son front. Puis il embrassa son nez. Puis ses joues...

Lorsqu'il s'approcha de ses lèvres, elle était prête à bondir. Jane sentait ses tétons durcir sous le polo de travail qu'elle portait tous les jours et l'humidité entre ses cuisses. Elle désirait Storm de toutes les fibres de son être. Et cela faisait très longtemps qu'elle n'avait pas ressenti de véritable désir pour un homme. Elle était trop occupée, et de plus, son vibromasseur s'occupait de ses pulsions quand elle en avait.

Mais elle avait le sentiment que rien ne pourrait combler le désir qui parcourait son corps, à l'exception de l'homme qui la tenait dans ses bras à ce moment précis.

Ses lèvres effleurèrent finalement les siennes, et elle ne put retenir le petit gémissement qui s'en échappa. Elle le sentit sourire contre ses lèvres alors qu'il l'embrassait à nouveau. De petits baisers qui ne faisaient rien pour apaiser son envie. Tout ce qu'il faisait, c'est attiser les flammes.

Lorsque ses lèvres effleurèrent à nouveau les siennes, elle les lécha et sentit son gémissement traverser son corps. En souriant, elle ouvrit les yeux et regarda dans les siens.

— Pour la première fois depuis très longtemps, j'ai hâte d'être en congé, lui dit tranquillement Storm.

— Moi aussi, fit Jane.

Ils entendirent l'assistant saluer quelqu'un d'autre dans le bureau extérieur, et Storm grogna.

— C'est mon prochain rendez-vous.

Jane hocha la tête. Elle essaya de reculer, mais les mains de Storm sur son corps ne la lâchèrent pas. Il la serra contre lui un bref instant, et elle fut heureuse de voir la même déception qu'elle ressentait se refléter dans son regard.

— Je ne sais pas comment c'est arrivé, mais je suis sacrément content que ce soit le cas, dit-il, puis il se pencha en avant, l'embrassa durement sur les lèvres et laissa tomber ses bras avant de reculer d'un pas.

— Moi aussi, lui dit Jane.

— J'espère que tu as vraiment entendu ce que Dag a dit, lui rappela sérieusement Storm. Ne prends pas ta sécurité pour acquise. Que ce soit au travail ou à la maison. D'accord ?

— Promis, dit Jane.

Elle avait toujours été consciente de la sécurité. Le fait d'être une femme célibataire avec une fille l'avait forcée à voir des monstres dans tous les coins et à être très attentive à ce qui l'entourait. En tant qu'homme, un homme musclé et dur à cuire, Storm n'avait probablement aucune idée du genre de situations dont quelqu'un comme elle devait s'inquiéter au quotidien. Mais ce n'était pas le moment d'en parler.

— Tu me diras quand tu seras chez toi ? demanda-t-elle.

— D'accord. Toi aussi. Je veux savoir que tu es saine et sauve derrière ta porte.

Jane acquiesça. Elle aimait qu'il s'inquiète pour elle.

— Je suis heureuse que tes hommes rentrent à la maison, dit-elle.

— Moi aussi. Je te parlerai plus tard, et nous pourrons faire des plans pour le week-end, répondit-il.

— OK.

Elle recula et se retourna à la dernière seconde pour ouvrir la porte.

— Merci de m'avoir apporté mon courrier, dit Storm

assez fort pour que le lieutenant qui attendait dans le bureau extérieur l'entende.

— De rien, répondit-elle, sachant qu'il faisait ce qu'il pouvait pour protéger sa réputation, pas la sienne.

Elle fit un signe de tête à l'assistant de Storm, qui lui fit un clin d'œil, puis elle sortit dans le hall et se dirigea vers les escaliers.

Portant une main à ses lèvres, elle les toucha et sourit. Oui, elle pouvait dire qu'elle attendait ce week-end avec impatience, plus qu'elle ne l'avait fait depuis longtemps.

CHAPITRE SIX

Storm gara sa voiture et sortit à la hâte pour se diriger vers le hall de l'appartement de Jane. Il était heureux d'avoir constaté par lui-même que tous les SEAL de son équipe étaient en vie et en bonne santé lorsqu'ils étaient rentrés au pays. Il venait de passer deux heures en réunion de débriefing avec eux et était maintenant prêt à profiter de ses quarante-huit heures de permission.

Il avait proposé de cuisiner pour Jane, mais elle avait refusé, disant qu'il était hors de question qu'elle le fasse cuisiner après avoir travaillé tard le soir.

Il était dix-neuf heures trente, et cela faisait plus de douze heures qu'il était au bureau. Storm était vraiment prêt à faire une pause. Il traversa le hall jusqu'à l'appartement de Jane et frappa à la porte. Cela prit quelques secondes, mais elle était là, souriante et l'accueillant chez elle.

— Tu as l'air fatigué, lâcha-t-elle, avant de froncer le nez. Désolée, c'était impoli. Entre.

Storm n'était pas vexé.

— Je *suis* fatigué, dit-il.

— Mais tes gars vont bien ?

Il appréciait qu'elle pose des questions sur eux.

— Ils vont bien. La mission était difficile, mais ils sont tous revenus relativement indemnes.

— Beurk, je déteste ça, dit-elle, plus à elle-même qu'à lui. Je suis contente qu'ils soient à la maison, mais « relativement indemnes » peut avoir tellement de sens cachés. Ça peut vouloir dire qu'ils ont tous des impacts de balles, mais qu'ils marchent et parlent encore, ou qu'ils ont quelques petits bleus.

Storm gloussa et, lorsqu'elle se tourna vers lui après avoir fermé et verrouillé sa porte d'entrée, il l'attira dans ses bras. Elle laissa échapper un petit *ouf* de surprise, mais se reprit rapidement. Ses mains se posèrent sur sa poitrine et il sentit qu'elle s'était douchée récemment.

— Storm ? dit-elle.

— Désolé, répondit-il. Les gars vont bien. L'un d'eux a été touché, mais ce n'était qu'une éraflure. La mission a un peu dérapé, mais ils ont fait ce qui devait être fait.

Storm savait qu'il était vague, mais il ne pouvait pas dire où son équipe était allée ni ce qu'elle avait fait. Il se crispa, attendant sa réaction, se souvenant de trop d'autres conversations de ce genre avec des femmes, qui avaient également mal tourné.

— Bien, bien, dit-elle avec un petit signe de tête. J'ai commandé chez Leroy's Kitchen and Lounge. Ils me connaissent très bien là-bas, puisque j'aime la nourriture raffinée. Je t'ai pris les bucatini maison... saucisse de porc, champignons, basilic, pesto et salade de ricotta. J'ai pris le bar entier frit, avec du riz basmati, du curry rouge africain, de l'huile de chili et de la coriandre. C'est très épicé, mais j'adore ça. Si tu ne veux pas de bucatini, j'échangerai avec toi... ou on peut juste commander une pizza. J'ai fait chauffer nos plats dans le four parce que je ne savais pas exactement quand tu allais arriver... Pourquoi tu me regardes comme ça ?

Storm n'eut pas besoin de lui demander ce qu'elle voulait dire. Il savait qu'il la regardait comme si elle avait deux têtes.

— Tu n'allais pas me demander plus de détails sur la mission des gars ?

Elle fronça les sourcils comme si elle était confuse.

— Non. Je sais que tu ne peux pas me le dire. J'apprécie que tu en dises autant que tu l'as fait. Pourquoi... devrais-je ?

— Non, dit-il rapidement. C'est juste que... la plupart des gens ne sont pas aussi... accommodants que toi quand je ne peux pas leur donner de détails sur mon travail.

— Storm, dit Jane avec douceur. Je comprends. Je ne suis peut-être qu'une fille du courrier, mais je comprends la confidentialité et les autorisations top secrètes.

— Ne fais pas ça, gronda-t-il.

— Faire quoi ? demanda-t-elle avec une petite inclinaison de la tête montrant qu'elle ne comprenait pas de quoi il parlait.

— Ne te dévalorise pas. Tu n'es pas « seulement » une fille du courrier. Tu as travaillé dur pour arriver là où tu es. Assume-le. Sois-en fière. Tu diriges une machine bien huilée et, pour ma part, je suis très reconnaissant de ne pas avoir à chercher partout du courrier que j'aurais dû recevoir, et je ne m'inquiète jamais de savoir si mes rapports et autres documents arrivent à destination en toute sécurité.

— Tu as raison, dit Jane un peu penaude. C'est juste que... tu es un héros pour moi, et je dois encore me pincer pour être sûre que tu es là. Parfois, mes insécurités prennent le dessus sur moi.

— Eh bien, tu n'as pas à t'inquiéter. Et... des bucatini ? Tu m'as vraiment pris des bucatini ?

Elle répondit en souriant.

— Oui.

— Merde, dit-il en soupirant. Je pourrais m'habituer à ce que tu « cuisines » pour moi. Mais honnêtement, c'est trop. La cuisine de Leroy n'est pas bon marché.

— Je peux te dire un secret ? demanda-t-elle.

— Bien sûr, dit-il immédiatement.

— Leroy a pitié de moi et me fait une super remise, avoua-t-elle. Je pense que j'ai payé les études d'au moins deux de ses enfants avec tout ce que je mange chez eux, alors ce n'est que justice.

Storm rit et sentit ses muscles se détendre pour la première fois de la journée.

— Red, je crois que tu parles sans réfléchir, rétorqua-t-il en citant *Les Évadés*.

Jane eut l'air confuse pendant une milliseconde, puis elle rejeta sa tête en arrière et se mit à rire.

— Je ne crois pas, je te jure que je ne crois pas. Et... bon usage de la citation du film.

Storm se sentit rajeuni de dix ans rien qu'en badinant tranquillement dans son appartement.

La seule pensée qu'elle aurait pu être gravement

blessée si la bombe qui avait explosé dans ses mains avait été autre chose que du gaz lacrymogène lui faisait mal au cœur.

Et se rappeler qu'il avait décidé d'y aller doucement, d'apprendre à la connaître au travail avant d'essayer de l'inviter à sortir, lui fit secouer la tête d'un air incrédule. S'il avait fait ça, il aurait raté tout ça. Et rater une seconde de temps avec Jane Hamilton lui semblait soudain être la décision la plus stupide qui soit.

— J'avais besoin de ça, dit-il doucement.

— Quoi ? demanda-t-elle.

— Ceci. Toi. Préparer le dîner, même si cette préparation consistait à le commander dans l'un de tes restaurants préférés. Citer *Les Évadés* et faire en sorte que tu saches de quoi je parle. Oublier le travail pendant quelques heures et simplement se détendre avec une femme drôle, belle et charmante qui ne s'énerve pas quand je ne peux pas parler de mon travail.

Son visage s'adoucit et Storm vit à quel point ses paroles étaient importantes pour elle.

— Moi aussi, dit-elle. Je n'ai pas eu à gérer les suites d'une mission comme tu l'as fait aujourd'hui, mais le NCIS est venu me parler à nouveau après ma sortie de ton bureau – et ils m'ont fait une peur bleue, me donnant toutes sortes d'avertissements sinistres sur la façon dont le poseur de bombe pourrait s'en prendre à moi et m'indiquant que les informations donnaient l'impression que j'avais déjoué son grand plan pour atteindre le contre-amiral. En gros, ils ont dit la même chose que Dag.

— Viens là, dit Storm en la rapprochant encore plus

de lui, posant sa main sur l'arrière de sa tête tandis qu'elle posait sa joue contre sa poitrine.

Ils demeurèrent enlacés dans le couloir pendant un long moment, se réconfortant.

— Je suis désolé, dit-il après un moment.

— Ce n'est pas ta faute, répondit immédiatement Jane. Et ce n'est pas que je ne crois pas les enquêteurs, c'est juste que ça n'a pas de sens que quelqu'un s'énerve contre *moi*. J'étais juste au mauvais endroit au mauvais moment, un dommage collatéral.

Storm se retira et posa ses mains sur son visage. Il n'avait que quelques centimètres de plus qu'elle, et ils étaient donc presque les yeux dans les yeux.

— Quand même... fais attention, OK ?

— Bien sûr.

— Je te dirai si j'apprends autre chose sur qui il pourrait être.

— Tu peux faire ça ? demanda-t-elle.

— Oui, dit Storm, même s'il n'était pas sûr à cent pour cent de sa réponse.

Si la personne à l'origine de la bombe postale était un ancien SEAL ou l'un des Marines de Creasy, il n'aurait peut-être pas la liberté de lui donner des détails, mais il pourrait lui donner autant d'informations que possible pour assurer sa sécurité tout en préservant la confidentialité.

Pour la première fois de sa carrière, Storm savait qu'il allait enfreindre la sécurité et lui dire ce qu'elle devait savoir pour rester en sécurité... même si cela signifiait qu'il aurait des ennuis.

C'est ainsi que Storm comprit mieux ce que

Phantom avait ressenti lorsqu'il avait désobéi à un ordre direct de ne pas partir à l'étranger pour sauver Kalee Solberg.

— Viens, dit Jane doucement. Tu as besoin de manger.

Storm sourit lorsque son estomac choisit ce moment pour gargouiller.

— Tu vois ? dit-elle avec un sourire.

Puis elle attrapa sa main toujours sur son visage et l'entraîna plus loin dans son appartement.

Il ne put s'empêcher de laisser son regard se poser sur ses fesses alors qu'elle le conduisait à la petite table près de sa cuisine. Jane avait ce que certaines personnes pourraient appeler des fesses rebondies. Ce terme semblait si péjoratif quand les autres le disaient, mais en regardant son corps magnifique, il ne pouvait qu'être d'accord. Ses mains étaient impatientes de la toucher. Pour voir les globes charnus se déplacer et s'agiter alors qu'il la prendrait par-derrière. C'était une image viscérale, et Storm se sentit stupide d'y avoir pensé.

Jane et lui n'en étaient pas encore si loin dans leur relation. Bon sang, ils ne s'étaient même pas encore embrassés. *Vraiment* embrassés. Il ne devrait pas penser à la prendre... et pourtant, il ne pouvait s'empêcher de fantasmer sur sa beauté quand elle serait sous lui, ses cheveux bruns éparpillés sur l'oreiller, son dos arqué et ses gros seins tendus vers sa bouche. Comment elle écarterait ses jambes pour lui, et comment sa chaleur serait incroyable autour de son sexe.

— Storm ? demanda-t-elle, et il força son esprit à sortir de ses fantasmes.

Jane méritait plus de lui que de simples pulsions. Il devait être meilleur.

— Oui ?

— On aurait dit que tu étais à des millions de kilomètres, dit-elle.

— Tu es belle, lâcha-t-il, et il la regarda rougir. Je le pense vraiment.

Jane haussa les épaules.

— Je suis juste moi, lui dit-elle.

C'est une chose qu'elle avait déjà dite auparavant.

— Oui, tu l'es, admit-il.

Puis, sachant qu'il ne pourrait pas rester assis en face d'elle pendant tout le dîner sans penser à la toucher, à l'embrasser, Storm la tira vers lui.

Et, une fois de plus, elle trébucha sur lui, ses mains se posant sur sa poitrine.

— C'est notre troisième rendez-vous, lui rappela-t-il.

Et Dieu merci, elle savait exactement où il voulait en venir.

— On dirait que le monde – et toi – se cherche dans la précipitation, dit-elle en plaisantant.

Sa citation de Brooks dans *Les Évadés* le fit durcir encore plus. Il leva les sourcils, demandant la permission de l'embrasser.

En réponse, Jane se mit sur la pointe des pieds et posa sa main sur sa nuque. Elle le tira vers elle, et à la seconde où leurs lèvres se touchèrent, Storm sut qu'il était fichu.

Il avait essayé de se dire qu'il devait y aller doucement, mais c'était peine perdue.

C'était comme s'il embrassait cette femme depuis toujours, mais en même temps, il savait qu'il n'avait jamais rien ressenti de tel auparavant dans sa vie. Jane pouvait faire de son mieux pour se fondre dans le décor au travail, il n'y avait rien de timide dans ses actions en ce moment. Ses ongles creusaient la chair de sa nuque et le faisaient frissonner alors qu'il la tirait encore plus près.

Storm inclina la tête pour l'embrasser plus profondément et, en même temps, introduisit sa langue dans sa bouche. Elle gémit, s'ouvrant plus largement pour le laisser entrer. Il ne put s'empêcher d'imiter ce qu'il avait fantasmé plus tôt, l'embrassant plus fort, plongeant sa langue dans sa bouche dans un avant-goût de sexe.

Et Jane prit tout ce qu'il lui donnait. Elle suça sa langue et gémit lorsqu'il mordilla sa lèvre inférieure avant de s'enfoncer dans sa bouche une fois de plus.

Storm n'avait aucune idée du temps qu'ils passèrent près de la table à s'embrasser, mais ce ne fut que lorsqu'il se sentit un peu étourdi par le manque d'oxygène qu'il recula un peu.

Jane baissa immédiatement la tête. Il la sentit inspirer profondément comme si elle essayait de prendre son essence dans son corps... puis sa langue chaude lécha le tendon sur le côté de son cou. La verge de Storm était dure comme de la pierre et s'enfonçait dans son ventre, mais Jane ne recula pas devant lui. Non, Jane n'avait rien de timide à ce moment-là, et Storm adorait ça.

Au moment où il sentait ses mains effleurer les côtés du polo qu'il avait enfilé avant de se rendre chez elle, son estomac fit une fois de plus savoir qu'il était vide en grognant longuement et bruyamment.

Étonnamment, Jane gloussa contre lui, et Storm sentit

chaque souffle d'air contre la peau sensible de son cou... ce qui ne fit rien pour refroidir son ardeur.

— Je dois te nourrir, dit Jane en levant la tête.

Storm inspira profondément par le nez lorsqu'il put voir son visage. Ses lèvres étaient roses et gonflées, et elle les léchait en la regardant. Il n'avait qu'une envie : la pousser contre la table derrière eux, arracher son jean et se gaver de son essence, mais ce serait aller un peu trop loin.

Elle sourit comme si elle pouvait lire dans ses pensées.

— Bucatini, dit-elle. J'ai aussi pris une bouteille de vin rouge. Meiomi... c'est un pinot noir qui est populaire au nord-est de chez nous. Je pense que tu vas l'aimer.

— Je suis sûr que oui, dit Storm, faisant de son mieux pour maîtriser son corps.

Jane acquiesça et commença à faire un pas en arrière, mais Storm l'arrêta. Il aimait qu'elle soit collée contre lui. Il aimait voir ses tétons durs sous sa chemise rose.

— Je n'ai jamais ressenti ça avant, lui dit-il.

Elle inclina la tête en signe d'interrogation.

— Comme si le fait de ne pas te pénétrer pas dans les dix secondes allait me rendre fou, dit-il.

Storm savait qu'il était grossier, mais il était incapable de prendre le temps d'essayer de trouver des mots plus polis.

— Je ne sais pas ce qu'il y a chez toi, mais tu t'es glissée sous ma peau et je ne veux pas que tu en sortes, admit-il.

— Ça a été un long moment pour moi, répondit Jane. J'ai traversé beaucoup de tempêtes dans ma vie, mais, honnêtement, je ne m'attendais pas à ce qu'elles durent aussi longtemps.

Il reconnut la réplique de leur film préféré, mais ne l'interrompit pas.

— Mais maintenant que je vois enfin la lumière, que Rose et moi avons à nouveau un semblant de relation normale, je suis prête à voir si je peux être égoïste et me concentrer sur moi pendant un moment.

— Alors je suis quoi... une sorte de libération pour toi ? demanda Storm, confus.

— Non ! dit-elle immédiatement. Ce n'est pas ce que je voulais dire. J'avais l'idée de sortir avec des hommes qui ne voudraient rien de sérieux. Pour expérimenter un type de sexe que je n'avais jamais eu. Mais, ensuite, je t'ai vu... et c'était fini. Je ne voulais personne d'autre. Comment aurais-je pu quand tu étais tout ce que j'avais toujours voulu dans ma vie ? Beau, attentionné, brillant, respecté, drôle... Je me suis dit que je n'étais pas à la hauteur. Que tu ne remarquerais jamais quelqu'un comme moi. Mais, ensuite, tu l'as fait, et j'étais au sommet du monde. Mais j'ai peur de ne pas être à la hauteur de tes attentes dans la chambre à coucher.

Storm ne put s'empêcher de rire.

Quand Jane se raidit, il secoua la tête.

— Je ne me moque pas de toi, Jane, je ris parce qu'il n'y a aucune chance que tu me déçoives. Ce baiser que nous avons partagé était la chose la plus chaude que j'ai jamais vécue dans ma vie. Et pour info, je n'ai été avec personne depuis très longtemps non plus. Je n'ai aucun doute sur le fait que nous serons en fusion quand nous serons ensemble, mais il n'y a pas de pression. Je ne suis pas venu ici en m'attendant à ce que tu couches avec moi. J'avais hâte de passer plus de temps avec toi. De passer le plus de temps possible avec toi pendant mes 48 heures de repos. À parler, rire, manger, regarder la télé. C'est tout.

— Alors tu ne veux pas coucher avec moi ? demanda-t-elle, les sourcils froncés.

— Oh, si, je le veux, répondit-il rapidement. Mais ce n'est pas une obligation. La vitesse à laquelle les choses se passent entre nous dépend de toi. Mais sache que… quand je t'emmènerai au lit, je veux tout de toi. Pas de cachette dans le noir sous les couvertures. Je veux la lumière allumée, que tu t'ouvres pour moi afin que je puisse te regarder. Tu es magnifique, et j'ai le sentiment que je n'en aurai jamais assez.

Il aimait le rougissement qui se formait sur son visage, mais plus encore, il aimait qu'elle ait manifestement envie d'être avec lui de la même manière.

— OK, dit-elle après un moment.

— OK, répéta-t-il. Maintenant, si nous mangions avant que mon estomac ne manifeste à nouveau sa désapprobation à cause du peu que je lui ai donné à manger aujourd'hui ?

Jane acquiesça et il la laissa s'éloigner. Il la suivit dans la cuisine et l'aida à préparer leurs repas. Quand ils s'assirent pour manger, ce fut étonnamment confortable. Il n'y avait pas de malaise à cause de leur conversation. Elle riait avec lui et partagea volontiers son bar, tout comme elle se servit dans son assiette de bucatini.

Ils parlèrent de tout et de rien. Comment elle aimait ramasser les jolis coquillages qu'elle trouvait sur les plages autour de la base, comment il avait une affection particulière pour les chaussettes confortables… il détestait porter des chaussettes qui grattaient, ou avoir les coutures mal placées qui frottaient ses orteils de façon désagréable.

Après qu'ils eurent fait la vaisselle et se furent installés sur son canapé pour regarder une rediffusion de *Seinfeld*, Storm avait encore plus l'impression de connaître Jane depuis toujours. Il se sentait bien avec elle, comme si sa vieille paire de chaussettes préférée avait retrouvé par magie sa douceur et sa nouveauté.

Il regrettait de ne pas l'avoir trouvée des années plus tôt, pour qu'ils aient plus de temps pour être ensemble.

CHAPITRE SEPT

Jane était aussi à l'aise que possible, la tête sur l'épaule de Storm. Il lui avait fallu une éternité pour en arriver là avec son ex. Oui, elle l'avait connu adolescente, mais elle ne l'avait pas laissé l'embrasser comme Storm l'avait fait avant qu'ils ne se fréquentent depuis des mois.

C'était insensé. À ce moment précis, elle était une adulte qui ne pouvait s'empêcher d'avoir des pensées charnelles, comme s'agenouiller devant Storm, baisser sa braguette et le prendre dans sa bouche. Elle n'avait jamais pensé qu'elle aimait *autant* le sexe avant de commencer à fantasmer sur lui. Et quand il l'avait finalement embrassée, elle était devenue un peu folle, voulant le toucher de la tête aux pieds. Dieu merci, son estomac avait grogné et l'avait ramenée à la raison.

Mais, maintenant, ils étaient assis sur son canapé à regarder Jerry Seinfeld essayer de deviner le nom de sa petite amie, dont il savait qu'il rimait avec une partie du corps, et tout ce à quoi elle pouvait penser était de faire l'amour avec Storm.

Elle aimait qu'il se comporte comme un gentleman et qu'il n'essaie pas de la presser, mais Jane réalisa qu'elle *voulait* qu'il la presse. Penserait-il qu'elle était trop agressive si elle initiait plus qu'un simple câlin ?

— À quoi penses-tu si fort là-haut ? demanda Storm. Et ne me dis pas que c'est l'émission, parce que si Jerry pense que le nom de sa petite amie est Mulva, c'est drôle, mais ce n'est pas assez profond pour que tu aies ce sillon dans les sourcils.

Il passa le bout de son doigt sur son front, et Jane frissonna légèrement à la sensation de sa peau calleuse contre sa peau.

— Je ne veux pas que tu penses du mal de moi, dit Jane.

— Rien de ce que tu pourrais dire ne me ferait penser du mal de toi, la rassura-t-il.

Prenant une profonde inspiration et décidant de dire ce qu'elle pensait, Jane lâcha :

— J'ai envie de toi.

Storm demeura impassible, son expression ne changea pas. Mais elle vit ses pupilles se dilater.

Il prit une profonde inspiration et se déplaça à côté d'elle, mettant son doigt sous son menton pour qu'elle ne puisse pas détourner son regard de lui.

— C'est courageux, murmura-t-il.

Puis il reprit, d'une voix plus forte :

— J'ai envie de toi aussi. Très fort. Mais si tu changes d'avis, tu n'auras qu'à me le dire, et ce sera fini.

— Je ne changerai pas d'avis, assura Jane.

— Quand bien même. Je ne veux rien faire qui puisse

te mettre mal à l'aise. Si tu as des doutes, ou si tu te sens mal à l'aise, dis-le.

— OK. Pareil pour toi, répondit-elle.

Storm inclina la tête en signe d'interrogation.

— Quoi ? Je sais que les médias se concentrent sur le fait que les femmes ont le droit de dire non, mais les hommes ont aussi ce droit. Ce n'est pas parce que je veux faire l'amour que *tu* le veux aussi.

Storm ricana et laissa tomber son doigt de son menton.

— Je le veux, dit-il sérieusement.

Puis son doigt traça le décolleté du chemisier en V qu'elle portait, et son regard s'abaissa alors que son doigt se déplaçait...

Jane frissonna et sentit ses tétons se durcir. Elle vit sa réaction physique à son contact, car il se lécha les lèvres et inspira profondément. Elle avait le sentiment que si les choses commençaient ici, sur son canapé, elle n'allait pas vouloir déménager dans son lit plus tard, alors, sans un mot, elle se leva et tendit la main.

Storm s'empara immédiatement d'elle et la suivit dans le court couloir qui menait aux deux chambres. Jane aurait pu être gênée par l'état de sa chambre – elle n'était pas vraiment ordonnée –, mais la seule fois où elle regarda Storm, ses yeux étaient rivés sur ses fesses, alors elle ne pensa pas qu'il remarquerait son désordre.

Elle le conduisit à côté de son grand lit. Il avait toujours été assez grand pour elle, mais maintenant qu'il allait la rejoindre, elle se demandait s'il allait le trouver trop petit.

Refusant de se sentir mal à propos de sa façon de

vivre – il n'avait pas été facile ni bon marché d'être une mère célibataire –, Jane lâcha la main de Storm suffisamment longtemps pour ouvrir un tiroir sur la petite table à côté de son lit. Elle en sortit la boîte de préservatifs qu'elle avait achetée plus tôt dans la semaine, quand elle avait pris ses désirs pour des réalités.

— J'espère que ce n'est pas un problème.

Storm secoua immédiatement la tête.

— Je suis clean. Je t'ai dit que ça fait un moment que je n'ai pas été avec quelqu'un, et je ne mentais pas à ce sujet. Mais je suis tout à fait d'accord pour utiliser un préservatif. Je ne ferais jamais rien pour te mettre en danger.

Le sujet était un peu embarrassant, mais elle était adulte, et si elle devait faire des choses d'adulte comme avoir des relations sexuelles, elle devait être assez mature pour parler de choses comme la protection.

— Je suis clean aussi, et il est peu probable que je tombe enceinte, mais je ne veux pas prendre de risques.

— Je ne t'en veux pas, dit Storm en lui prenant la boîte des mains et en la posant sur la table de nuit.

Il passa une main autour de son cou et entrelaça ses doigts dans ses cheveux, forçant un peu sa tête en arrière. Cette petite démonstration de contrôle la fit frissonner d'excitation.

— Je ne risquerais jamais ta santé. Jamais, dit-il d'un ton égal. Mais, poursuit-il, je ne peux pas nier que l'idée d'être en toi nu m'excite au plus haut point. Si les choses entre nous fonctionnent, ce sur quoi je compte, nous devrons voir ce que nous pouvons faire pour que cela arrive.

— Oui, chuchota Jane, l'idée qu'il la prenne sans préservatif l'excitant encore plus.

— D'autres préoccupations que tu voudrais évoquer ? demanda Storm.

— Non.

Storm serra sa main dans ses cheveux pendant un instant, puis hocha la tête et la relâcha. Il fit un pas en arrière et porta ses mains à l'ourlet de sa chemise, la soulevant et la faisant passer au-dessus de sa tête en un seul mouvement rapide.

Jane eut du mal à avaler et se lécha les lèvres d'excitation. Storm était *bien bâti*. Elle avait déjà vu son corps auparavant, mais n'était pas dans l'état d'esprit de l'apprécier. Sa poitrine était recouverte d'une légère couche de poils, ce qui était très sexy, mais, pour l'instant, elle était plus intéressée par la sensation de chacun des muscles qu'elle pouvait voir gonfler dans sa poitrine et ses bras.

Enroulant ses bras autour de ses biceps, elle se pencha sur lui et lécha son téton droit.

— Merde, dit Storm dans un soupir, couvrant l'arrière de sa tête avec sa grande main, la pressant plus fort contre lui.

En souriant, Jane saisit l'allusion et attira son mamelon dans sa bouche, le suçant fortement. Il gémit, et sa main se resserra dans ses cheveux.

Jane passa à l'autre téton et ne put s'empêcher de se sentir complètement investie par la réaction incontrôlée de l'homme à sa bouche. En jetant un coup d'œil vers le bas, elle vit son membre pousser contre la braguette de son jean. Elle ne s'était jamais trop préoccupée de la taille d'un homme auparavant, estimant que ce qu'il pouvait faire avec son appendice était plus important, mais elle ne pouvait s'empêcher d'être impressionnée par ce que Storm avait dans le pantalon.

La prise sur ses cheveux se resserra et elle laissa Storm éloigner sa tête de son corps.

— Assez, dit-il d'une voix basse et graveleuse. J'ai besoin de te voir. J'ai fantasmé sur toi debout devant moi, nue… et pas parce que tu es blessée cette fois.

Jane rougit, ne voulant pas se souvenir des fois où elle avait dû se déshabiller pour lui par nécessité. Cette fois, c'était *son* choix. Et elle n'était pas en train de cracher un poumon à cause du gaz CS.

Il lâcha sa main de sa tête quand elle fit un pas en arrière pour attraper le bouton de son jean. Elle le défit et poussa le jean le long de ses jambes pour l'enlever. Elle passa la main sous sa chemise et défit l'agrafe de son soutien-gorge sans bretelles, souriant lorsque Storm regarda ce qu'il pouvait voir de ses jambes. Elle laissa tomber son soutien-gorge et se redressa. Elle attrapa le bas de sa chemise, mais il l'arrêta.

— Laisse-moi faire, dit-il doucement.

En hochant la tête, Jane baissa ses mains.

Storm saisit le bord de sa chemise, et elle sentit ses doigts effleurer ses côtes. Elle rentra son ventre du mieux qu'elle put, souhaitant être en meilleure forme pour lui. Elle aurait aimé que son ventre ne soit pas si gros et que ses cuisses soient plus toniques. Ses fesses avaient *toujours* été grosses, et elle craignait qu'elles ne le rebutent.

Le temps que toutes ses insécurités traversent son

cerveau, Storm avait saisi l'étoffe de son chemisier et le soulevait au-dessus de sa tête. Elle leva les bras pour l'aider, puis se retrouva devant lui, vêtue seulement des sous-vêtements en coton noir qu'elle avait mis plus tôt.

— Magnifique, souffla Storm alors qu'il se contentait de la regarder.

Ses mains revinrent se poser sur ses hanches, mais il demeura immobile.

En gigotant, Jane dit :

— Je n'ai plus vingt ans.

Storm renifla.

— Dieu merci, lui dit-il. Tourne-toi.

Surprise, Jane cligna des yeux et demanda :

— Quoi ?

— Tourne-toi. Je veux voir ton cul.

Retenant son souffle, Jane fit ce qu'il lui demandait, tout en appréciant le fait qu'il garde ses mains sur elle alors qu'elle se tournait et faisait face à son lit.

— Bon sang ! Mieux que mes fantasmes, lui dit Storm.

Elle regarda par-dessus son épaule et vit que ses yeux étaient rivés sur les fesses qu'elle avait trouvées trop grosses et flasques presque toute sa vie.

Puis il s'accroupit derrière elle et prit ses fesses dans ses mains et les serra.

En grinçant de surprise, Jane trébucha et se rattrapa à son matelas, ce qui la laissa légèrement penchée en avant.

— Bordel ! murmura Storm, et Jane sentit ses doigts effleurer le fond trempé de sa culotte.

Avec n'importe qui d'autre, elle aurait pu être gênée, mais comme Storm était accroupi derrière elle, elle voyait clairement son érection. À la seconde où elle eut cette pensée, une de ses mains se dirigea vers le bouton et la fermeture éclair de son jean et le défit. Il gémit de soulagement, puis ramena sa main sur ses fesses.

— Tu es magnifique, lui dit-il, sans quitter son corps des yeux.

— Il faudrait que je perde un peu de poids, murmura-t-elle.

— Pas question, dit-il d'un ton ferme.

— Mais tu es tellement en forme. Si... dur, protesta-t-elle.

— Oui, répondit-il en souriant. Mais ça ne veut pas dire que c'est comme ça que j'apprécie les femmes. J'aime la *douceur*, dit-il. Je suis impatient de sentir tes courbes contre moi. M'entourer. Me tenir.

Ses mots la séduisaient encore plus que la sensation de ses mains sur son corps.

Il exerça une légère pression sur ses hanches, indiquant qu'il voulait qu'elle se retourne pour lui. Jane le fit, et elle le regarda, toujours accroupi devant elle. Elle vit son gland qui dépassait de la fente du caleçon qu'il portait. Se léchant les lèvres, elle eut soudain le désir impérieux d'en voir plus de lui. Tout de lui.

Mais il avait d'autres idées. Il crocheta ses doigts dans la ceinture de sa culotte et leva les yeux.

— Puis-je ? demanda-t-il.

Jane acquiesça.

Puis il fit lentement descendre le sous-vêtement en coton sur ses hanches et ses cuisses. Elle le repoussa d'un coup de pied lorsqu'il tomba sur le tapis à ses pieds, et elle se retrouva nue devant Storm. L'homme dont elle était amoureuse depuis longtemps. Elle aurait pu être nerveuse, mais le regard de luxure sur son visage fit disparaître toutes ses inquiétudes.

— Putain ! murmura-t-il, avant de se pencher en avant et de caresser la pliure entre sa jambe et sa hanche.

Jane gémit. Elle savait qu'elle était trempée et elle avait hâte d'avoir ses mains partout sur elle.

— Storm, supplia-t-elle.

— Quoi ? demanda-t-il, sans quitter des yeux ses jambes.

— Touche-moi.

— D'accord, dit-il. Tu sens si bon.

Le rythme cardiaque de Jane s'emballait, et elle voulait faire plus que regarder l'homme incroyablement beau qui se trouvait à ses pieds. Elle s'assit brusquement sur le matelas et recula. Poussant la couette et le drap vers le bas, elle s'allongea en se soutenant sur ses coudes.

— Je ne sais pas pourquoi je suis la seule à être nue ici, réussit-elle à dire d'un presque normal.

Comprenant l'allusion, Storm baissa son jean et son caleçon et s'allongea à moitié sur elle sur le lit avant qu'elle ne puisse prendre sa respiration. Jane sentit sa verge dure contre sa cuisse et, sans réfléchir, elle avança une main pour l'attraper.

Il grogna et s'enfonça dans sa prise avant de descendre et d'attraper son poignet. Il leva sa main et la fit passer par-dessus sa tête, avant de faire de même avec l'autre. Jane lui adressa un sourire.

— Coquine, dit-il en gloussant. Fais ça encore une fois, et je perdrais la tête, et la fête serait terminée avant d'avoir commencé.

— Vraiment ? demanda-t-elle.

— Je ne suis plus un jeune homme, dit-il sans le moindre regret. Et comme je l'ai dit, cela fait longtemps que je n'ai pas fait ça. La dernière chose que je veux, c'est me répandre ailleurs qu'à l'intérieur de ce préservatif quand je serai au plus profond de ton corps chaud et humide. Donc d'ici là, je vais avoir besoin que tu gardes tes mains pour toi.

Jane fit la moue.

— En quoi c'est amusant ?

— Oh, on va s'amuser, rétorqua Storm.

— Je ne peux pas te toucher du tout ? demanda Jane, l'air déçu.

Il l'observa pendant une seconde.

— Tu en as envie ?

— Oui, avoua-t-elle.

— Pour l'instant, tu peux me toucher partout sauf ma queue. Je suis sérieux quand je dis qu'il suffira de quelques caresses de ta part pour me faire basculer.

Jane frissonna. Elle aimait le sentiment de puissance que cela lui donnait. Beaucoup.

— OK.

— D'accord, dit Storm. N'hésite pas à me dire si je fais quelque chose qui ne te plaît pas.

Et ce fut le seul avertissement qu'elle eut avant qu'il ne descende le long de son corps. Quand sa tête atteignit sa poitrine, une main remonta son sein, et il prit son mamelon dans sa bouche.

Si Jane pensait qu'il irait lentement et doucement, elle avait tort. Très tort. Il le suça si fort qu'elle sentit un tiraillement dans son utérus. Cambrant le dos, Jane s'accrocha à son biceps et tint bon.

Elle se balança dans sa prise jusqu'à ce qu'il doive utiliser une main pour maintenir sa hanche. Puis il passa à l'autre côté, donnant à ce téton le même traitement qu'au premier. Jane se mit à gémir, adorant le plaisir et la douleur que sa bouche lui procurait. Elle n'avait jamais pensé que ses seins étaient aussi sensibles, mais elle n'avait jamais vu quelqu'un les traiter comme le faisait Storm. Elle voulait qu'il s'arrête, mais aussi qu'il continue. C'était déroutant et érotique à souhait.

Avec un « plop », il retira sa bouche d'elle et sourit en l'entendant soupirer.

— Putain de merde, Storm !

— Tu te sens bien ? demanda-t-il.

— Oh oui !

Il hocha la tête en signe de satisfaction, puis continua sa descente sur son corps.

Jane savait qu'elle ne devait pas être nerveuse. Elle avait déjà donné et reçu des caresses buccales dans le passé, mais sans savoir pourquoi, la façon dont Storm la regardait comme si elle était son prochain repas la mettait mal à l'aise.

— Storm ?

— Oui, bébé ? répondit-il.

Elle frissonna en entendant le mot affectueux.

— Vas-y doucement, supplia-t-elle.

Pendant une seconde, elle crut qu'il allait l'ignorer, puis il hocha la tête. C'était juste une inclinaison du menton, mais elle se détendit. Il poussa ses jambes plus loin.

— Encore, ordonna-t-il.

Jane posa ses pieds à plat sur le lit et laissa tomber ses genoux. Storm enfonça immédiatement ses épaules entre ses cuisses, et elle sentit la brûlure sur ses muscles internes. Elle aurait mal demain, mais se réjouissait de cette délicieuse douleur.

Une main reposait sur son ventre, la maintenant plaquée, et le bout des doigts de l'autre effleurait ses plis trempés.

— Putain, c'est tellement beau ! murmura-t-il avant de laisser tomber sa tête.

Jane se crispa, prête à toutes les caresses, mais lorsque sa langue lécha légèrement ses lèvres, elle frissonna d'extase et se détendit complètement.

Ensuite, pendant vingt minutes, Storm adora son sexe jusqu'à ce qu'elle se torde et le supplie d'en avoir plus. De la toucher plus fort, de la sucer. Elle aimait la sensation qu'il soit doux et qu'elle puisse lui demander ce qu'elle désirait, mais elle avait besoin de plus.

Storm releva la tête, et Jane vit son jus scintiller sur son menton.

— Tiens bon, lui dit-il.

— Pourquoi ? demanda Jane.

— Pour moi.

Puis Storm baissa la tête une fois de plus, et Jane comprit immédiatement qu'il en avait fini avec la lenteur et la douceur. Un doigt se glissa en elle et il enroula ses lèvres autour de son clitoris. Il se mit à sucer, utilisant sa langue comme un mini-vibromasseur pour stimuler son centre nerveux ultra-sensible. Le doigt qui était à l'intérieur d'elle se courba et pressa contre son point G.

Et en une seconde, Jane sut qu'elle allait jouir. Fort.

— Storm ! cria-t-elle alors même que les muscles de son estomac se contractaient et qu'elle se recroquevillait.

Une main s'agrippa aux cheveux sur le dessus de sa tête et l'autre saisit le poignet de la main toujours posée sur son ventre.

Il gémit contre son clitoris, et c'est tout ce qu'il fallut. Elle bascula dans un orgasme si intense qu'elle vit des petits points noirs flotter devant ses yeux. Elle sentit Storm ajouter un autre doigt en elle, et il la pénétra avec force, alors que ses lèvres restaient collées sur son clitoris et qu'elle se débattait sous lui.

Finalement, elle s'écria :

— C'est fini, trop sensible ! alors que les caresses de Storm devenaient douloureuses.

Il releva immédiatement la tête et retira ses doigts. Mais il demeura entre ses jambes et commença à lécher le liquide qu'il avait fait jaillir de son corps. Il passa paresseusement sa langue sur les lèvres de Jane, encore et encore, appréciant visiblement le fruit de son travail.

Lorsqu'elle se sentit complètement épuisée, Jane s'effondra sur le matelas, respirant difficilement, comme si elle venait de courir un marathon.

Lorsque Storm passa entre ses jambes, elle n'eut pas la force de les refermer. Il s'approcha d'elle à quatre pattes et ouvrit la boîte de préservatifs en quelques secondes avant d'en faire rouler un sur sa très impressionnante verge.

— Je peux te toucher maintenant ? demanda-t-elle.

Il hésita, mais hocha la tête.

Il était agenouillé entre ses jambes, et Jane tendit la

main pour saisir son érection palpitante. Il était gros. Plus grand que tous ceux avec qui elle avait été, mais cette pensée l'excitait plutôt que de l'effrayer. Elle allait le prendre et espérer lui donner autant de plaisir qu'il venait de lui en donner.

—Prête ? demanda Storm en écartant ses jambes une fois de plus.

Jane acquiesça, leva une jambe et l'enroula autour de sa cuisse. Il prit sa verge et fit courir le gland dans ses plis humides. C'était bon.

Il pensait manifestement la même chose, car les veines des côtés de son cou se gonflèrent et il gémit.

— Ça va être rapide, annonça-t-il.

— OK, répondit Jane.

Puis Storm poussa lentement, très lentement, à l'intérieur d'elle jusqu'à ce qu'elle puisse sentir ses bourses appuyées contre ses fesses. Puis il passa une main sous elle et la souleva pour s'enfoncer encore plus profondément. Elle sentait qu'il l'étirait de l'intérieur, mais elle ne ressentait aucune douleur.

— Putain, tu es incroyable ! dit Storm, ses yeux se plantant dans les siens.

— Toi aussi, fit-elle.

Puis il la surprit en s'asseyant sur ses talons et en tirant ses fesses sur ses cuisses.

— Qu'est-ce que tu fais ? demanda-t-elle.

— Comme je l'ai dit, à la seconde où je commencerai à pénétrer dans ton corps incroyablement chaud, je vais exploser comme une fusée. Je veux que tu jouisses encore avant que je le fasse.

Jane n'avait jamais eu d'orgasme par le sexe seul. Il

fallait toujours une stimulation directe de son clitoris pour que cela arrive, et la plupart des hommes n'avaient pas les moyens de s'assurer qu'elle prenait du plaisir pendant qu'ils étaient en train de faire l'amour.

— C'est bon, dit Jane pour essayer de le rassurer. Crois-moi, tu m'as déjà fait jouir plus fort que je ne me rappelle avoir joui dans ma vie.

— Bien, dit-il l'air satisfait.

— Cette fois, je veux te sentir jouir contre ma queue.

Puis il posa son pouce sur son clitoris encore extrêmement sensible et appuya.

— Merde ! cria Jane en s'agrippant à lui.

— Tu es si lisse, répondit-il en jouant avec elle. Et tu as si bon goût. J'ai hâte de remettre ma bouche sur toi. Tu vas avoir mal en voyant à quel point j'ai envie de te bouffer.

Ses mots étaient dégoûtants mais tellement chauds. Personne ne lui avait jamais parlé de cette façon, et Jane aimait ça. Elle venait de jouir, mais elle sentait déjà un autre orgasme monter en elle.

— C'est ça. Je sens que tu te contractes contre moi. C'est incroyable. Comme rien de ce que j'ai connu auparavant. Continue. Jouis sur ma queue, Jane... serre-moi.

Comme si elle était programmée pour faire exactement ce qu'il lui ordonnait, étonnamment, Jane se sentit exploser une fois de plus.

— Oh oui, merde, c'est tellement bon, putain ! Tu te frottes contre moi... Putain, je ne peux pas me retenir. Tiens bon, bébé, lui dit Storm.

Puis il se déplaça jusqu'à ce qu'il soit à genoux une fois de plus et commença à taper dans son corps.

L'orgasme de Jane semblait s'éterniser, entretenu par la sensation de la grosse verge de Storm qui entrait et sortait d'elle, réveillant des nerfs qui n'avaient pas été stimulés depuis des années.

— Je vais bientôt avoir envie de te prendre par-derrière, bébé. Regarder ce magnifique cul bouger et se trémousser pendant que je te baise. Mon Dieu, tu es si belle...

Pour la première fois de sa vie, Jane *se sentit belle*. Avec cet homme viril et beau prenant son plaisir sur son corps, la regardant avec un désir et une affection évidente dans ses yeux. Elle voulait tellement lui donner. Tout ce qu'il voulait, elle le lui donnerait, car elle savait qu'il lui rendrait ce plaisir au décuple.

— Oh merde, pas encore ! dit Storm, mais c'était trop tard.

Il s'enfonça en elle aussi loin qu'il le pouvait, laissa sa tête tomber en arrière, et son corps tout entier trembla pendant qu'il jouissait.

Les mains de Jane caressèrent ses bras alors qu'il s'appuyait sur elle, et après un long moment, il gémit et s'effondra pratiquement sur elle.

— C'est fini. Je suis mort. Tu m'as tué, déclara-t-il, en veillant à ne pas l'écraser alors qu'il était allongé contre elle.

— Dépêche-toi de vivre ou dépêche-toi de mourir, plaisanta-t-elle.

Un rire étonné lui échappa, et sa verge glissa hors de son corps avec le mouvement.

— Merde, dit-il, l'air déçu.

Jane était également déçue, mais lorsque Storm se

retourna et l'attira dans ses bras, elle ne put se plaindre. Ils étaient tous les deux un peu en sueur après avoir fait l'amour, mais Jane s'en fichait. Elle se blottit dans son cou et caressa sa poitrine du bout des doigts.

— Tu vas bien ? demanda-t-il doucement.

— Oh oui ! dit-elle dans un soupir.

— Merci, lui dit Storm.

— Je pense que c'est plutôt à moi de le dire, dit Jane.

Mais Storm ne décrocha pas un sourire.

— Merci de me faire confiance avec ton corps. Pour m'avoir donné le meilleur cadeau que j'ai reçu depuis très longtemps.

— Mais je t'en prie. Est-ce que tu restes ?

À ce moment-là, Storm leva la tête pour la regarder.

Jane croisa courageusement son regard.

— Je voudrais que tu restes, mais je ne sais pas quelles sont les règles ici.

— Les règles ? demanda-t-il.

— Oui, les règles de rendez-vous. Je n'ai pas l'habitude.

— Je me fous de ce que font les autres, dit fermement Storm. Si tu me laisses rester, je veux rester. Je ne peux rien imaginer de mieux que de passer la totalité de ma permission de quarante-huit heures avec toi. Pas seulement les journées.

Jane savait qu'elle avait un sourire niais sur le visage, mais elle ne pouvait pas s'en empêcher.

— Je suis sûre que tu auras besoin de rentrer chez toi pour t'habiller et tout ça à un moment donné.

— Je le ferai, poursuivit-il. Et si tu es ouverte à ça, tu

peux faire ton sac et venir avec moi. Je ferai le dîner demain soir, et tu pourras passer la nuit dans *mon* lit.

— Comment c'est arrivé ? s'interrogea Jane à voix haute.

— Tu m'as fait craquer par ta bravoure et ton altruisme, dit-il sérieusement. Puis j'ai réalisé à quel point tu étais belle, intelligente et drôle. J'étais fichu.

Jane leva les yeux au ciel.

— Je suis sérieux, affirma-t-il. Tu as tout ce qu'un homme pourrait vouloir. Je suis juste désolé de ne pas avoir vu ce qui était juste sous mes yeux plus tôt.

— Moi aussi, admit-elle.

— Mais je suis ici maintenant... et je ne vais nulle part.

Jane aimait beaucoup ça. Elle ouvrit la bouche pour le lui dire, mais bâilla à la place.

Storm gloussa.

— Fatiguée ?

— Oui. Ça a été deux longues semaines. Sans parler des deux orgasmes que j'ai eus ce soir.

— Tu étais spectaculaire, annonça-t-il en souriant. Je dois m'occuper de ce préservatif, puis nous dormirons.

— Elle accepta et soupira de contentement lorsqu'il se pencha vers elle, l'embrassa sur le front, puis sortit du lit. Elle remit en place les couvertures et les oreillers pendant qu'il était parti et ne prit pas la peine de cacher le fait qu'elle le reluquait quand il revint au lit complètement nu.

— Tu aimes ce que tu vois ? demanda-t-il avec un sourire en se glissant sous les couvertures et en l'attirant dans ses bras.

— C'est évident, répondit-elle en lui rendant son sourire.

— Moi aussi, lui dit-il tandis que sa main caressait ses fesses sous les couvertures.

Jane se blottit contre l'homme à ses côtés et soupira de bonheur. Alors qu'elle remerciait sa bonne étoile que Storm l'ait remarquée, elle sombra dans un sommeil profond et réparateur.

CHAPITRE HUIT

Lorsque le dimanche soir arriva, Storm savait déjà qu'il était complètement fou de Jane. Il n'éprouvait aucune des angoisses qu'il ressentait parfois lorsqu'il passait du temps avec certaines des femmes qu'il avait fréquentées dans le passé. Il n'avait pas constamment regardé sa montre pour voir quand il pourrait s'échapper, et lorsque le moment vint pour elle de partir, il fut sincèrement déçu.

Bien que le sexe ait été incroyable, ce n'était pas la raison principale pour laquelle il était si attiré. Il aimait simplement être avec elle. Elle ne se plaignait pas pour la moindre chose. Elle appréciait les plus petites attentions que lui et les autres avaient pour elle. Comme lorsqu'ils se rendirent à l'épicerie et que la caissière lui donna un coupon que quelqu'un d'autre avait laissé.

Il aimait aussi que Jane soit un peu timide. Storm avait été toute sa vie protecteur, et il aimait ce rôle. Alors, quand un homme heurta Jane si fort qu'elle faillit tomber sur les fesses, il fut ravi de prendre sa défense.

Storm n'arrivait pas à croire qu'il avait côtoyé Jane aussi longtemps sans se rendre compte qu'elle était une personne formidable. Il se sentait stupide et dégoûté de lui-même. Avec sa timidité, cependant, il savait qu'elle n'aurait jamais fait le premier pas, et il remercia sa bonne étoile d'avoir finalement vu la perle rare qui se trouvait juste sous son nez.

— Qu'as-tu prévu pour la semaine ? demanda-t-elle alors qu'ils se trouvaient sur le parking de sa maison de ville, à côté de sa Toyota Camry noire, ancien modèle.

— Réunions, recherches, et essayer d'aider Dag à se plonger dans les dossiers de la cour martiale, lui dit-il. Il a dit qu'il n'avait pas besoin d'aide, mais je veux que ce soit fait. En partie parce que c'est mon ami, et je déteste qu'il puisse être en danger, mais aussi parce que la dernière chose que je veux, c'est que tu sois plus impliquée que tu ne l'es déjà.

— Mais tu es déjà tellement occupé, dit-elle.

— Je le suis, mais *je suis* toujours en train de faire des réunions et des recherches, donc ce n'est pas un gros problème.

Jane fronça son nez de façon adorable.

— Ça n'a pas l'air amusant.

Storm gloussa.

— Ce n'est pas si mal. J'ai l'habitude.

Elle hocha la tête.

Puis quelque chose lui vint à l'esprit.

— Le week-end prochain, il y a une réunion des SEAL sur la plage. Tu veux venir avec moi ?

Jane cligna des yeux de surprise.

— Vraiment ?

Après leur week-end ensemble, il était contrarié qu'elle soit si surprise qu'il lui propose.

— Oui, vraiment.

Elle se rendit visiblement compte qu'elle l'avait contrarié, car sa main se posa sur sa poitrine, juste au-dessus de son cœur. Elle le caressa comme s'il était un animal dangereux qui avait besoin d'être apaisé.

— C'est juste que… cette chose entre nous est nouvelle, et je n'étais pas sûre que tu veuilles en parler à ceux avec qui nous travaillons… enfin, à part les quelques personnes qui sont déjà au courant.

Storm fronça les sourcils.

— Nous n'enfreignons aucune règle. Tu n'es pas dans les Marines, donc ce n'est pas de la fraternisation.

— Je sais, dit-elle rapidement, mais… je ne voudrais pas que les choses deviennent bizarres si…

Sa voix s'étrangla.

Storm fit un pas en avant et la serra jusqu'à ce qu'elle recule contre sa voiture.

— Storm ?

— Ne pense pas à nous séparer avant même d'avoir commencé, grogna-t-il.

— Je ne le veux pas. C'est juste que… tu es toi, et je suis moi.

— Qu'est-ce que ça veut dire ? demanda-t-il.

Jane se mordit la lèvre et leva les yeux vers lui avec consternation.

Storm prit une grande inspiration et encadra son visage avec ses mains. Il se pencha et posa son front contre le sien.

— Je t'aime bien, Jane. Vraiment beaucoup. Je ne sais

pas grand-chose des losers évidents avec lesquels tu es sortie dans le passé, mais aucun de mes collègues ou des SEAL ne pensera que nous sommes mal assortis. Ils me prendront probablement à part pour me dire que je ferais mieux de ne pas me louper avec toi.

— Je t'aime bien aussi, chuchota-t-elle. Je suis juste terrifiée à l'idée que tu te réveilles et que tu te demandes ce que tu fais avec moi. J'ai une fille adulte avec qui je ne suis pas en très bons termes, même si ça s'est amélioré depuis un an environ. J'approche de l'âge mûr, et si je gagne assez pour garder un toit sur ma tête, je ne suis pas exactement riche.

Il se recula et la regarda dans les yeux.

— Et tu es vraiment gentille, tu fais tout pour aider les gens comme tu peux, tu travailles dur et tu n'es pas une pique-assiette. Tu embrasses comme un ange et tu es libérée au lit... et tu me donnes l'impression d'être l'homme le plus chanceux du monde.

Il sourit alors qu'elle rougissait de façon adorable.

— Et tu rougis toujours quand je te complimente, termina-t-il. S'il te plaît, dis que tu viendras avec moi. Je veux te montrer à tout le monde. Te montrer à quel point la communauté SEAL peut être accueillante.

— OK, chuchota-t-elle.

— OK, dit-il en écho. Jane ?

— Oui ? demanda-t-elle.

— J'ai passé un très bon week-end. J'ai adoré traîner avec toi, apprendre comment tu prends ton café, te regarder te préparer le matin... les quarante-huit dernières heures ont été parmi les meilleures de ma vie, et je ne dis pas ça comme ça.

— Moi aussi, avoua-t-elle. Je n'arrive pas à croire que tu aies trouvé la proportion de crème et d'édulcorant pour mon café juste après m'avoir regardée faire ma première tasse, dit-elle pour le taquiner. Je ne pense pas que mon ex ait déjà réussi, même après dix ans de mariage.

— Je sais que c'est rapide, mais je ne serais pas opposé à ce que tu restes chez moi pendant la semaine, lui dit Storm.

Lorsque ses yeux s'écarquillèrent de surprise, il ajouta rapidement :

— Je ne te demande pas d'emménager, c'est beaucoup trop tôt pour cela, mais j'ai mieux dormi ce week-end que depuis très longtemps, et j'aimerais vraiment dîner avec toi plus souvent, et me réveiller avec toi à mes côtés.

— Ça doit faire *très* longtemps que tu n'as pas fait l'amour, dit-elle en souriant.

Storm n'en fut pas offensé. Il s'était même surpris à lui proposer de rester chez lui, et il pouvait imaginer ce qu'elle pensait.

— Je ne nie pas que le sexe avec toi est plus important qu'avec n'importe qui d'autre, mais ce n'est pas ce que je voulais dire. C'est juste que... rentrer à la maison dans une maison vide n'a plus d'attrait. Pas après avoir passé les deux derniers jours avec toi, à entendre tes rires, à te regarder lire sur mon canapé pendant que je fais des recherches. J'aime juste t'avoir près de moi et ça ne me dérangerait pas de passer autant de temps que possible avec toi... en dehors de la chambre. Je ne dis pas que je ne veux pas être intime avec toi, mais je n'ai plus vingt-deux ans... je n'ai pas besoin ou envie de sexe tous les soirs.

Storm retint son souffle en attendant sa réponse.

— J'aimerais bien, murmura-t-elle.

Il se mit à rayonner et ses épaules se détendirent. Storm n'avait pas réalisé à quel point il était tendu en attendant sa réponse.

— Bien. On trouvera une solution au fur et à mesure de la semaine alors.

— OK.

— Mais prévois de rester vendredi soir, c'est sûr. La réunion des SEAL a lieu samedi et nous devons aller faire du shopping pour acheter des pastèques avant d'y aller.

— Y aura-t-il beaucoup de monde ? demanda-t-elle timidement.

Storm ne voulait pas la faire paniquer, mais il n'allait pas non plus lui mentir.

— Oui, bébé, il y en aura. Tu sais qu'il y a beaucoup d'équipes SEAL sur la base, et cette fête sur la plage est aussi pour leurs familles. Je suis impatient de te présenter Wolf et son équipe et toutes leurs familles, ainsi que Rocco et son équipe et leurs familles aussi.

Jane se mordit à nouveau la lèvre, et Storm ne put s'empêcher de se pencher et de lécher l'endroit où elle s'était nerveusement mordue.

— Ça va aller. Tu vas t'en sortir.

— Tu ne vas pas me laisser tomber quand nous arriverons là-bas, n'est-ce pas ? demanda-t-elle après un moment. Je suis consciente que tu connaîtras tout le monde et que tu voudras leur parler, mais je ne suis pas très douée dans les grands groupes quand je ne connais personne.

— Je ne ferais jamais ça, lui dit-il honnêtement. Mais je te garantis que tu connaîtras plus de gens que tu ne le penses. Fais-moi confiance pour ne pas t'emmener quelque part puis t'abandonner.

Elle soupira.

— D'accord.

Elle ne le savait pas. Pas encore, mais Storm ferait tout ce qu'il pourrait pour la mettre à l'aise et pour qu'elle lui fasse confiance. Ils apprenaient encore à se connaître, et plus ils passaient de temps ensemble, plus elle se rendait compte qu'il n'était pas son ex. Qu'il n'allait pas la traiter comme une moins que rien et la laisser se débrouiller toute seule. C'est ce qu'elle avait fait pendant trop long-temps. Alors qu'elle avait plus que prouvé qu'elle était indépendante et qu'elle ne s'effondrerait pas si elle devait se débrouiller seule, il voulait lui montrer qu'elle n'était plus seule. Qu'elle pouvait s'appuyer sur lui.

— Conduis prudemment en rentrant chez toi, lui dit-il doucement. Envoie-moi un texto ou appelle-moi quand tu seras à l'intérieur en sécurité, d'accord ?

— Promis, dit-elle.

Puis elle sourit.

— C'est agréable d'avoir quelqu'un qui s'inquiète pour moi. Cela fait très longtemps.

— Habitue-toi à ça, la prévint Storm. C'est peut-être agréable maintenant, mais tu risques de t'irriter et d'en avoir marre que je sois surprotecteur.

— J'en doute, lui dit-elle. Quand on n'a jamais eu ça, ça fait un bien fou. Tant que tu ne deviens pas fou et que tu ne commences pas à suivre tous mes mouvements comme un harceleur psychopathe, je suis d'accord pour que tu veuilles t'assurer que je suis en sécurité.

Storm se pencha et l'embrassa. Cela lui semblait une éternité depuis qu'il avait posé ses lèvres sur les siennes, mais en réalité cela ne faisait que vingt minutes... juste avant qu'ils ne quittent sa maison. Elle s'ouvrit immédiatement à lui, et il adora qu'elle soit réceptive.

À contrecœur, il se retira et l'embrassa une dernière fois sur le front avant de reculer et d'ouvrir sa porte. Il attendit qu'elle soit assise et qu'elle ait mis sa ceinture de sécurité avant de se pencher et de l'embrasser une fois de plus, brièvement cette fois.

— Conduis prudemment.

Jane lui fit un signe de tête et sourit quand il ferma sa porte. Elle lui fit un signe de la main, et il lui fit un signe de tête en retour. Il demeura sur le parking et regarda jusqu'à ce qu'il ne puisse plus voir ses feux arrière. Puis il prit une profonde inspiration et se retourna vers sa porte d'entrée.

Storm fut quelque peu surpris de voir à quel point sa maison était vide lorsqu'il y rentra. Il avait vécu seul pendant très longtemps, mais, après seulement deux jours, Jane avait rempli sa maison de rires et de compagnie.

C'était vrai, quand la bonne personne se présente... on le sait. Jane comblait l'immense solitude au fond de lui qu'il avait refusé de reconnaître. Il ne regrettait pas de lui avoir demandé d'envisager de passer plus de nuits avec lui. Il ne pouvait rien imaginer de mieux que de rentrer chez lui après une longue journée de travail pour la retrouver. Il n'avait pas besoin d'un dîner sur la table, ou d'une maison nettoyée… il avait juste besoin de lui parler. Rire avec elle. Qu'elle se blottisse contre lui.

* * *

Mercredi après-midi, Jane regarda son téléphone pendant une de ses pauses et sourit en voyant qu'elle avait un message de Storm.

Storm : Ça fait trois nuits. Est-ce que tu pourrais envisager de venir ce soir ?

Elle tapa une réponse courte mais sincère.

Jane : Oui !

Il répondit presque immédiatement, comme s'il avait attendu qu'elle lui réponde.

Storm : Dieu merci. Je devrais finir vers 17 h 30. Viens quand tu veux à partir de 18 h 00.
Jane : OK. Je dois rentrer chez moi et prendre mes affaires, mais sauf catastrophe ici au travail, je devrais être là à 18 h 30.
Storm : Ça a l'air parfait. Je vais commencer le dîner.
Jane : Qu'est-ce qu'on prend ?

Storm : Je suis rentré chez moi à midi et j'ai mis un rôti dans la cocotte-minute. J'espère que c'est bon.

Jane : Miam !

Storm : Tu es facile à satisfaire.

Jane : En fait, non. Je suis difficile dans mes goûts en matière d'hommes, je n'aime pas les fruits de mer, et le chou frisé fait partie de la liste des aliments que je déteste.

Storm : Je raye le chou frisé de la liste pour le dîner de ce soir.

Jane : Tais-toi.

Storm : :)

Storm : J'ai hâte de te voir. J'ai l'impression que ça fait une éternité que je ne t'ai pas vue.

Jane : Tu m'as vue ce matin quand j'ai apporté ton courrier.

Tempête : Comme je l'ai dit, pour toujours.

Jane soupira de contentement. Elle avait pensé que Storm serait distant au travail et pas très romantique dans la vie de tous les jours, mais elle avait tort. Bien qu'il ne l'eût pas prise dans ses bras pour l'embrasser lorsqu'ils étaient sur la base, il n'hésitait pas à la toucher, à l'embrasser sur la joue, à lui faire savoir qu'il était heureux de la voir.

Ses textos et ses e-mails étaient doux et quelque peu sentimentaux. Et lorsqu'il l'appelait, il n'hésitait jamais à lui dire combien il la trouvait jolie, combien il était heureux de lui parler et combien elle lui manquait. C'était le jour et la nuit entre lui et les autres hommes qu'elle avait fréquentés. La façon dont ils s'étaient retrouvés, avec elle pratiquement nue après avoir été aspergée de gaz lacrymogène, en valait presque la peine. Presque.

. . .

Jane : Tu veux que j'apporte quelque chose quand je viendrai ce soir ?

Storm : Juste toi.

Jane : Je suis sérieuse. Je peux prendre quelque chose au magasin si besoin.

Storm : Je suis sérieux. Amène-toi, bébé.

Jane : OK. À plus tard.

Storm : Je suis impatient.

Jane remit son téléphone dans sa poche. C'était incroyable comme Storm la faisait se sentir bien. Cela lui faisait peur, mais, en même temps, elle se sentait rajeunie de plusieurs décennies. Elle ne s'attendait pas à ça. Pas à son âge.

Prenant une profonde inspiration, elle se remit au travail avec un nouvel objectif. Elle devait s'assurer d'avoir fini de trier le courrier à temps ce soir pour pouvoir rentrer chez elle, faire ses bagages et se rendre chez Storm. Être en sa compagnie lui faisait réaliser à quel point elle s'était sentie seule. Elle s'était démenée pour élever Rose, et, après son départ, Jane avait passé beaucoup de temps et d'énergie à s'inquiéter pour elle... comme toute bonne mère le ferait.

Mais chaque année qui passait, et plus elle se rappro-chait de la retraite, Jane réalisait qu'il lui restait beaucoup d'années à vivre. Qu'elle serait seule si elle ne trouvait pas quelqu'un avec qui passer ses années d'or. Elle se serait contentée de trouver un groupe d'amis, mais être avec

Storm était comme un rêve devenu réalité. Elle était nerveuse à propos de la fête sur la plage ce week-end, mais elle décida de faire de son mieux pour prendre les choses comme elles venaient. S'inquiéter de savoir si les gens l'aimeraient ne ferait que la stresser.

Sachant qu'elle devait se concentrer sur son travail et oublier Storm et la nuit à venir, Jane prit un autre paquet de lettres.

À dix-huit heures trente, Jane frappa à la porte de Storm. Il l'ouvrit presque immédiatement. Il avait un énorme sourire sur le visage et la prit dans ses bras alors qu'il fermait la porte avec son pied.

— Hé, dit-il.

— Salut, répondit-elle.

Puis il l'embrassa. Un baiser long et profond dont Jane savait qu'elle ne se lasserait jamais. Quand il releva la tête, il lui sourit une fois de plus, balayant une mèche de cheveux sur son front.

— Bon sang, c'est bon de te voir ! Allez, le dîner est presque prêt. Tu dois avoir faim.

Décontenancée, Jane le laissa l'entraîner dans sa maison, appréciant la façon dont il tenait sa main. Le dîner sentait bon, et elle ne se souvenait pas avoir été gâtée de la sorte. Elle adorait ça.

Il lui prit son petit sac des mains et le posa près de l'escalier, puis continua vers la cuisine. Au bout de vingt minutes, ils étaient assis à une petite table dans la cuisine et Storm lui racontait sa journée.

— Dag et moi avons examiné les dossiers aujourd'hui et réduit la liste des suspects à environ cinq.

— Tant que ça ? demanda Jane l'air surpris.

— Oui. Il y a beaucoup d'hommes et de femmes bien dans la Marine, mais il y en a aussi beaucoup qui ne se conforment jamais tout à fait aux règles. Parfois, ils sont paresseux et veulent prendre la voie la plus facile. D'autres fois, ils font juste une erreur stupide qui ne peut être ignorée et pardonnée. Nous supposons que le poseur de bombe est quelqu'un qui a été renvoyé de la Marine par la cour martiale. C'est peut-être une supposition erronée, mais nous ne le pensons pas. Quelqu'un doit être suffisamment en colère contre Dag pour lui reprocher ce qui lui est arrivé, et si cette personne avait simplement écopé d'une sanction non judiciaire, je ne pense pas qu'elle serait aussi en colère.

— Que pense le NCIS ? demanda Jane.

— Ils sont d'accord. Et ils enquêtent sur le plus grand nombre possible de soldats virés de la Marine l'année dernière. Ils essaient de savoir où ils sont maintenant et interrogent leurs nouveaux collègues, si possible. C'est un processus qui prend du temps. Et je sais que c'est frustrant. Tu vas bien ?

— Moi ? Oui, pourquoi ça n'irait pas ? demanda Jane.

Storm s'approcha et prit sa main dans la sienne.

— Tu n'as pas eu de flash-back ou de mauvais moments à propos de ce qui t'est arrivé ?

Jane hésita. Elle voulait dire non, qu'elle allait bien, mais elle ne voulait pas non plus mentir. Elle se contenta de hausser les épaules.

— Rien de grave.

L'expression d'inquiétude sur son visage la fit fondre.

— Je suis désolé, bébé. Je sais que ce n'est pas grand-chose, mais j'espère que ça aidera sur le long terme de savoir que tu n'étais pas la cible.

— Je sais. C'est pourquoi je me sens stupide à propos des mauvais rêves que j'ai faits. J'ai juste eu la malchance d'être prise entre deux feux, pour ainsi dire, lui dit-elle.

— Ne te sens pas stupide, dit immédiatement Storm en prenant sa main dans la sienne. Ce qui t'est arrivé était traumatisant. C'était inattendu, et tu as été attaquée dans ton espace de sécurité. Tu as le droit de mal réagir à ça.

Jane hocha la tête.

— Les rêves ne sont pas horribles. En général, je me réveille juste au moment où la bombe explose. Pendant une seconde, je n'arrive pas à respirer, me rappelant à quel point le gaz lacrymogène piquait, mais ensuite je réalise que je ne fais que rêver et que je suis en sécurité.

— Tu *es* en sécurité, dit Storm.

Jane lui a souri.

— Merci.

Il lui serra la main une fois de plus, puis la lâcha pour finir de manger. Ils ne parlèrent de rien d'important jusqu'à la fin du dîner et continuèrent à parler lorsqu'ils s'installèrent ensuite sur le canapé. En fait, Jane ne se souvenait pas d'avoir déjà autant parlé de tout et de rien avec quelqu'un d'autre sans se sentir gênée ou sans avoir de longues pauses entre les sujets.

Ce n'est que lorsqu'il bâilla qu'elle regarda sa montre et réalisa qu'il était presque vingt-deux heures. Ils avaient discuté pendant des heures.

— Putain de merde, s'écria-t-elle ! Il est tard.

Storm gloussa.

— C'est donc ça. Tu es prête à monter ?

Tout avait l'air si normal avec lui. C'était seulement la troisième fois qu'ils passaient la nuit ensemble, et ils avaient déjà l'impression de l'avoir fait des centaines de fois.

— Oui, répondit-elle.

— Je vais juste m'assurer que tout est rangé et verrouillé ici. Monte. Je serai là dans quelques minutes.

Elle apprécia qu'il lui donne un peu de temps pour s'installer. Elle se sentait à l'aise avec lui, mais pas encore assez pour se changer devant lui comme si elle l'avait fait tous les jours de sa vie.

Elle hocha la tête et se leva, mais Storm lui prit la main avant qu'elle ne puisse partir.

— Jane ?

— Oui ?

— J'aime ça. Beaucoup. Tu as une invitation illimitée à rester ici autant que tu le souhaites. N'hésite pas à laisser quelques affaires aussi, pour faciliter les choses. Shampooing, chemise de nuit... peu importe.

Jane fixa Storm pendant un instant.

— Tu es sûr ? demanda-t-elle à voix basse. Je ne veux pas abuser de ton accueil.

Storm se leva et passa son doigt sur sa joue.

— Je suis plus que sûr. Je me sens plus détendu et satisfait avec toi ici.

C'était un super compliment.

Il passa son pouce sur ses lèvres puis se mit en retrait.

— Vas-y. Je serai là dans un moment.

En hochant la tête, Jane prit son sac et se dirigea vers

les escaliers. En entrant dans sa chambre, elle prit une profonde inspiration, adorant l'odeur qu'il dégageait. Elle enfila rapidement le short et le T-shirt d'homme qu'elle aimait porter au lit et se prépara dans la salle de bains. Le temps que Storm remonte, elle était assise dans son lit avec son iPad, en train de lire.

Il la vit et lui fit un grand sourire.

— Bon sang, j'adore te voir là ! marmonna-t-il, puis il se dirigea vers la salle de bains.

Il revint quelques minutes plus tard, vêtu seulement d'un caleçon. Il éteignit la lumière du plafond et s'installa à côté d'elle.

— Ça te dérange si je lis ? demanda-t-elle.

— Non, répondit Storm immédiatement. Ça te dérange que j'aie laissé la lumière de la salle de bains ? Je ne suis pas un fan des pièces sombres. J'ai passé du temps en captivité une fois et, depuis, je n'aime pas l'obscurité.

— Bien sûr que non, lui dit-elle, sentant son cœur se briser pour lui.

S'il voulait laisser toutes les lumières dans la pièce, elle ne se serait pas plainte. Comment pourrait-elle après ce qu'il avait traversé ?

— Merci.

Puis il tapota son oreiller, se rapprocha, se coucha sur le côté et passa son bras sur le bas-ventre de la jeune femme.

Jane s'assit à côté de lui en faisant semblant de lire pendant plusieurs minutes avant de penser qu'il s'était endormi. Elle jeta un coup d'œil sur lui. Ses yeux étaient fermés, sa bouche était entrouverte et il respirait profondément. Elle voyait les poils de son torse nu et le gonflement des muscles de ses bras même lorsqu'il était complètement détendu. En bref, Storm était absolument magnifique et Jane avait du mal à accepter le fait qu'elle se trouvait dans son lit. Qu'il avait son bras autour d'elle, la serrant contre lui comme s'il avait peur qu'elle s'échappe pendant qu'il dormait.

Jane aimait lire et s'endormait en lisant la plupart des nuits. Mais, ce soir, elle n'avait pas besoin de se perdre dans les mots de ses auteurs préférés. Elle vivait sa propre et belle romance, et elle n'avait aucune idée de comment elle en était arrivée là.

Storm voulait qu'elle reste plus longtemps ? Qu'elle laisse quelques affaires chez lui ? Bien sûr que oui. Elle était à 100 % d'accord avec ça.

Elle posa son iPad sur la table à côté d'elle et s'assit sur le lit.

— Tout va bien ? marmonna Storm, et le cœur de Jane fondit encore plus.

Même à moitié endormi, il s'inquiétait pour elle.

— Je vais bien. Rendors-toi, lui dit-elle doucement.

Storm se retourna sur le dos mais la tira vers lui. Jane posa sa tête sur son épaule et son bras l'entoura. Elle se blottit contre lui et fut récompensée par son soupir de satisfaction. Son bras reposait sur son ventre, et elle sentait sa main libre chaude et lourde sur son avant-bras.

Ils étaient collés, et elle n'avait jamais été aussi à l'aise.

— J'espère que tu ne feras pas de cauchemars en dormant dans mes bras, mais si c'est le cas, je suis là, lui dit-il doucement, avant de se retourner et de l'embrasser sur le front.

Jane jura qu'il ronflait quelques secondes plus tard, mais peu importe qu'il ait été conscient ou non de ce qu'il avait dit. Elle chérirait toujours ses paroles et ses actions attentionnées.

Elle avait l'impression que Storm venait de lui faire perdre l'habitude de dormir seule dans son grand lit. Fermant les yeux, Jane soupira de contentement. En quelques secondes, elle sombra dans un profond sommeil.

Storm se réveilla le premier le lendemain matin, et il ne lui fallut qu'une seconde ou deux pour se rappeler que Jane avait passé la nuit ici. La lumière de la salle de bains éclairait suffisamment la pièce pour qu'il puisse la voir. Elle était en train de dormir sur le côté, à côté de lui. Il se souvenait de l'avoir prise dans ses bras la nuit précédente, mais il est évident que, dans la nuit, ils s'étaient tous les deux déplacés. Mais ce qui fit battre son cœur plus vite, c'est le fait que, alors qu'elle était allongée à côté de lui, elle tendit la main dans son sommeil pour le toucher. Sa main était posée sur son avant-bras et son léger poids était comme une marque. Une marque qu'il aimait beaucoup.

Storm ne savait pas combien de temps il était resté allongé à regarder Jane dormir. Il faisait encore nuit dehors, mais son horloge interne lui indiquait que son réveil allait bientôt sonner. Ils devaient tous deux se rendre au travail, mais il savait qu'il chérirait ce moment pendant longtemps. Il espérait ne jamais considérer comme acquises la paix et la sérénité que lui procurait la présence de Jane à ses côtés. Il ne se sentait pas anxieux en sa présence, sauf pour sa sécurité.

À la seconde où son alarme retentit, Storm tendit la main pour l'éteindre, puis se retourna vers Jane. Ses yeux étaient maintenant ouverts et elle le fixait.

— Bonjour, dit-il doucement.

— Bonjour, répondit-elle.

Il aimait la somnolence qu'il voyait dans ses yeux bruns. Cela ne le dérangerait pas de la voir tous les matins pour le reste de sa vie...

Cette pensée aurait dû l'effrayer, mais, au lieu de cela, il se sentait simplement bien.

— Bien dormi ? demanda-t-il.

— Mieux que je ne l'ai fait depuis très longtemps... sans compter le week-end dernier.

Storm sourit.

— Tu veux te doucher d'abord ? reprit-il.

— Oui. Tu te douches en deux/trois secondes, mais il me faut plus de temps pour me préparer, dit Jane.

C'était vrai. Il avait appris à prendre des douches très courtes et n'avait pas réussi à perdre cette habitude.

— Je vais descendre et commencer le café pendant que tu te douches. Tu veux des toasts ?

— S'il te plaît, dit-elle.

Quand il commença à rouler hors du lit, sa main se resserra sur son bras.

— Storm ?

Il se retourna vers elle.

— Oui, bébé ?

— Tu étais sérieux hier soir ?

— À propos de quoi ?

— Pour que je reste plus longtemps ?

— À cent pour cent, répondit-il.

— Bien. Parce que je pense qu'il n'y a rien que j'aimerais plus que de m'endormir dans tes bras et de me réveiller pour te voir me sourire. J'ai l'impression de t'avoir attendu toute ma vie.

Storm jura qu'il sentait son cœur se gonfler à trois fois sa taille normale... un peu comme celui du Grinch dans la célèbre histoire. Il se pencha et embrassa Jane sur les lèvres. Il ne chercha pas à approfondir le baiser, mais il lui fit savoir que ses mots étaient très importants pour lui.

— Je ressens la même chose, lui dit-il doucement.

Et avant de faire quelque chose qui les mettrait tous les deux en retard au travail, il sortit du lit et se dirigea vers la salle de bains. Après un rapide arrêt, et après avoir enfilé un pantalon de coton, il se dirigea vers le seuil de la porte. Il se retourna et vit Jane se diriger vers la salle de bains. Le short qu'elle portait était remonté, et il voyait ses fesses rondes dépasser, ce qui le rendit dur instantanément.

Gémissant doucement, Storm se força à sortir de sa chambre et à se diriger vers la cuisine. Il n'avait jamais vécu avec une femme auparavant, pas une seule fois en quarante-sept ans, mais il en voyait l'attrait en ce moment. Mais seulement parce que c'était Jane. Il savait qu'elle pensait qu'elle n'était pas assez mince, qu'elle n'avait pas le bon travail... mais pour lui, elle était parfaite.

Ils n'avaient pas le temps d'avoir une vie sexuelle ce

matin, mais, le vendredi soir, les paris étaient ouverts. Il était impatient.

* * *

Jane sortit de la maison de Storm avec lui et se dirigea vers le parking.

— On devrait juste aller à la base ensemble, dit-il.

Jane secoua la tête.

— J'aime rester avec toi, mais j'ai besoin de ma voiture, fit-elle. Parfois, je fais des courses pendant ma pause déjeuner, et je sais que tu as parfois besoin de quitter la base aussi. C'est plus pratique d'y aller chacun avec notre voiture.

Elle trouva mignonne la façon dont Storm fronça les sourcils.

— Je sais que tu as raison, mais je me sens privé de ta présence, même pour les dix minutes qu'il faut pour aller à la base.

Jane éclata de rire.

— Je pense que nous allons survivre.

Il posa une main sur son bras et le tourna vers lui.

— Qu'est-ce que tu m'as fait ? demanda-t-il.

— La même chose que tu m'as faite, répondit-elle.

— Je le pense vraiment. Il y a deux semaines, je ne pouvais penser à rien d'autre qu'au travail. Je vivais, je respirais pour le travail et je redoutais de rentrer à la maison. Maintenant, je pense à toi constamment tout au long de la journée. Quand mon téléphone vibre avec un texto, je ne peux pas m'empêcher de penser que ça pourrait être de toi, et je suis excité. J'ai réfléchi à des expériences avec la nourriture pour faire des choses que je pense que tu pourrais apprécier. Je te jure… je n'avais pas vraiment vécu jusqu'à ce que je te rencontre.

Mince. C'était le meilleur compliment que Jane n'ait jamais reçu.

— Je ressens la même chose, avoua-t-elle.

Storm prit une grande inspiration.

— OK, tu as raison. C'est mieux si nous avons notre propre moyen de transport, mais ça ne veut pas dire que j'aime ça.

Elle se mit à rire.

— Je te suivrai. Sois prudente.

— Promis, lui dit-elle.

Il faisait encore sombre dehors, car le soleil n'était pas encore levé. Elle était toujours étonnée de voir qu'il pouvait faire noir à un moment et clair l'instant d'après. Le soleil semblait s'élancer dans le ciel une fois qu'il s'était enfin réveillé.

Storm se pencha et l'embrassa. Ce fut un baiser long et profond qui fit recroqueviller les orteils de Jane dans ses chaussures.

— Je t'accompagnerai quand nous serons dans notre bâtiment.

— OK, accepta-t-elle facilement.

Il l'embrassa une fois de plus, un baiser bref cette fois mais non moins puissant, puis se retourna et se dirigea vers sa voiture.

Jane déverrouilla sa Camry et monta à l'intérieur. Elle posa son sac de voyage sur le siège passager, un peu plus léger maintenant qu'elle avait laissé ses affaires de toilette, sa tenue de nuit et les vêtements qu'elle avait portés hier dans la maison de Storm. Elle avait l'impression d'avoir fait un grand pas, et elle n'avait pu s'empêcher de se tenir devant son placard et de regarder ses affaires mélangées aux siennes dans son panier à linge. Oui, ils étaient allés vite, mais les choses entre eux étaient justes. Elle n'avait plus vingt ans. Elle savait ce qu'elle voulait, et ce qu'elle voulait, c'était Storm.

Souriant à elle-même, elle démarra le moteur et se dirigea vers la sortie. En regardant dans son rétroviseur, elle vit les phares de la VW Golf de Storm derrière elle. Même s'il était tôt et qu'elle avait une longue journée devant elle, Jane ne s'était jamais sentie aussi éveillée et en forme qu'à ce moment précis.

CHAPITRE NEUF

Le samedi suivant, Jane marchait nerveusement à côté de Storm alors qu'ils se dirigeaient vers la plage. Ils étaient en retard, mais Jane n'était pas aussi inquiète qu'elle aurait pu l'être. La nuit précédente, Storm l'avait gardée éveillée très tard, et elle ne s'en plaignait pas.

Il adorait son corps, et s'était jeté sur elle pour lui donner deux orgasmes à couper le souffle avant de l'encourager à se mettre à quatre pattes. Il avait passé ses mains sur ses fesses, lui disant qu'il fantasmait depuis longtemps sur le fait de la prendre par-derrière.

Jane avait déjà fait l'amour dans cette position, mais elle en avait toujours été gênée. Elle savait que ses fesses étaient grosses. Elle avait beau essayer de perdre du poids – ce qui n'était pas très difficile, pour être honnête –, elle n'avait jamais réussi à en perdre à cet endroit. Mais, hier soir, Storm lui avait fait promettre de ne jamais perdre ses fesses, jurant qu'il les aimait trop.

Il l'avait prise rapidement et sans ménagement, la poussant même sur les coudes à un moment donné alors qu'il adorait ses fesses pendant qu'il la pénétrait. Elle s'était sentie plus chérie qu'elle ne l'aurait cru en se faisant prendre par-derrière. Storm ne lui avait jamais donné matière à croire qu'il pensait à une autre. Il disait souvent son nom et l'encourageait à le regarder autant qu'elle le voulait. En bref, il était absolument parfait, et ils avaient tous les deux dormi comme des souches, se réveillant tard et ne s'en souciant même pas.

Mais plus ils se rapprochaient de la plage et plus Jane voyait de gens, plus elle regrettait d'être en retard. À la seconde où ils posèrent le pied sur la plage, les têtes se tournèrent pour les fixer, et le sentiment familier de timidité écrasante l'envahit.

Inconsciemment, ses pas ralentirent légèrement, et elle commença à réfléchir à des excuses qui lui permettraient de partir plus tôt.

— Détends-toi, bébé, lui dit doucement Storm. Tout va bien.

Bon sang, elle pensait avoir caché sa réticence.

C'était ses hommes. Ses SEAL. Levant le menton, elle afficha un visage courageux et se promit de faire tout ce qu'il fallait pour ne pas embarrasser l'homme à côté d'elle.

— Voici ma copine, annonça-t-il.

Et ce compliment, même petit, la fit se sentir mieux.

Storm les accompagna jusqu'au contre-amiral Dag Creasy. Sauf qu'il était très différent de la façon dont elle le voyait habituellement. Au lieu de son uniforme, il portait un maillot de bain et un débardeur. Jane savait qu'il n'avait que quelques années de plus qu'elle, mais il était encore très en forme.

— Il était temps que tu arrives, dit Dag à Storm.

L'homme à ses côtés ne se crispa même pas. Il se contenta de hausser les épaules.

— Hé, c'est toi qui me dis sans cesse que je dois me détendre davantage. Alors ce matin, je me suis détendu et j'ai fait la grasse matinée. On ne peut pas avoir le beurre et l'argent du beurre.

Le contre-amiral gloussa.

— C'est vrai.

Puis il se tourna vers Jane.

— C'est bon de vous revoir, Jane. Comment allez-vous ?

— Je vais bien, monsieur, répondit-elle.

— Pas de « monsieur » aujourd'hui, dit-il immédiate-ment. C'est Dag.

— Oui, monsieur... euh... Dag, fit maladroitement Jane.

La jolie femme à ses côtés sourit et lui tendit la main.

— Bonjour. Je suis Brenae, la femme de Dag. Ravie de vous rencontrer.

— Je suis Jane, dit-elle.

— Désolé, j'aurais dû faire les présentations, fit Storm en serrant la main qu'il tenait toujours. Jane travaille dans notre bâtiment et est responsable du cour-rier. Elle fait un travail d'enfer en organisant tout le bazar qui nous est envoyé, et je ne pense pas que les opérations sur la base se dérouleraient aussi bien sans elle.

Jane se mit à rougir.

— Il exagère, affirma-t-elle à Brenae.

— J'en doute, répondit la femme du contre-amiral. Je

connais Storm, et il ne fait de compliments à personne à la légère. S'il l'a dit, il le croit.

Elle baissa les yeux vers Storm qui tenait la main de Jane, et sourit.

— Bienvenue dans la famille, dit-elle l'air le plus naturel qui soit.

— Oh, mais...

— Merci, fit Storm en interrompant ce que Jane allait dire.

— J'ai vu Rocco et les autres par là, et Wolf et son équipe ont réquisitionné l'emplacement de choix sur la plage à côté d'eux, leur indiqua Dag. Ils ont tous demandé de tes nouvelles plus tôt. Tu devrais aller leur dire bonjour avant d'aller chercher un verre pour Jane.

— Ça a l'air bien.

— Oh, et je sais que c'est samedi... mais je voulais te dire que le NCIS a appelé tard hier soir. Ils pensent savoir qui a envoyé la bombe.

— Vraiment ? demanda Storm. Qui ?

— Le lieutenant Simon Sandburg.

Jane leva les yeux vers Storm et constata qu'il ne semblait pas le connaître. Dag voyait visiblement la même chose, car il continua à parler.

— C'était un lieutenant qui a été traduit en cour martiale pour détournement de biens publics.

— C'est vrai, dit Storm en hochant la tête. Je me souviens de cette affaire. C'était le responsable de l'équipement lourd, et il faisait travailler son unité pour les locaux et empochait l'argent, non ?

— C'est lui. Il n'a pas non plus pu justifier de plusieurs poids lourds lorsqu'il est revenu aux États-Unis.

Le NCIS a examiné ses comptes et a repéré plusieurs dépôts non identifiés, mais il a refusé de leur dire où il avait obtenu l'argent, déclara Dag. Il a été traduit en cour martiale il y a six mois et est toujours dans la région. Il n'hésitait pas à dire à qui voulait l'entendre qu'il s'était fait avoir, et que les vraies personnes qui auraient dû être sanctionnées étaient les commandants de la base.

— Ils ont été innocentés, non ? rétorqua Storm.

— Ouaip. Propres comme un sou neuf. Sandburg était coupable et, apparemment, il est juste amer d'être parti dans le déshonneur. Il n'a pas trouvé de travail depuis qu'il a été viré, et on m'a dit qu'il passait beaucoup de temps dans les pubs locaux à noyer son chagrin. Le pire dans tout ça, c'est qu'il a une femme qui se démène pour garder la tête hors de l'eau, mais ça ne suffit pas. Le NCIS dit qu'ils vont perdre leur maison dans quelques mois.

Storm siffla.

— On dirait qu'il a de quoi être amer.

— Ouaip. Bref, je voulais juste que tu saches. Le NCIS et les flics locaux vont lui parler ce week-end, reprit Dag en regardant Jane. Donc vous n'aurez pas à regarder par-dessus votre épaule pendant trop longtemps.

— Bien, lui dit Jane.

Elle ne voulait pas admettre qu'elle n'était pas vraiment inquiète. Elle y pensait toujours, surtout depuis que Storm l'avait prévenue d'être sur le qui-vive, mais elle n'avait jamais sérieusement pensé que quelqu'un pourrait en avoir après elle. Elle n'avait rien à voir avec le renvoi de Sandburg, il n'avait donc aucune raison de s'en prendre à elle.

— Je t'aime, Dag, mais... ça suffit. On est ici pour se détendre et s'amuser, pas pour parler boutique, gronda légèrement Brenae.

— Désolé, ma chérie. Tu as raison. On parlera plus tard, dit Dag à Storm.

Storm hocha la tête, puis il s'éloigna.

— Ravie de vous rencontrer, Brenae, lança Jane alors que Storm les conduisait vers ses hommes.

— Pareil ! répondit l'autre femme avec un sourire et un signe de la main. Amusez-vous bien !

Storm ne lui laissa pas le temps de s'inquiéter de rencontrer ses hommes. Alors qu'ils marchaient tranquillement sur la plage, ils furent encerclés en un instant.

— Hé, monsieur !

— C'est bon de vous voir, North !

— Vous êtes en retard !

Les salutations arrivaient rapidement et furieusement, et Jane ne put s'empêcher de sourire. Les hommes semblaient avoir les pieds sur terre, et elle aimait le fait qu'ils n'hésitaient pas à faire des reproches à leur commandant. D'après son expérience, plus les gens étaient détendus avec leur patron en dehors du travail, meilleur était le patron.

— Oui, oui, oui, dit Storm à ses hommes. Ne le prenez pas mal, mais je préfère traîner et regarder Jane plutôt que vos tronches hideuses.

Tout le monde éclata de rire. Jane savait qu'elle rougissait, mais elle ne put s'empêcher de sourire.

— Tout le monde, voici Jane. Je pense que la plupart d'entre vous l'ont vue sur la base. Jane, voici Rocco, Gumby, Ace, Bubba, Rex et Phantom. C'est une sacrée équipe de SEAL, même s'ils sont un peu bruts de décoffrage.

— Ravi de vous rencontrer, dit Rocco en tendant la main.

Jane la secoua.

— Moi aussi, dit-elle.

Puis elle fit de même avec les cinq autres hommes. Quand ce fut le tour de Phantom, il lui tint la main un peu plus longtemps que nécessaire. Jane avait l'impression qu'il l'examinait alors que leurs regards se croisaient. Finalement, il hocha la tête avant de lâcher sa main. Elle n'avait aucune idée de ce qu'il cherchait, mais elle espérait qu'il n'était pas trop déçu par ce qu'il avait vu.

— J'ai entendu beaucoup de choses sur vous, Phantom, dit-elle à l'immense homme. Que de bonnes choses, s'empressa-t-elle de préciser.

— Alors la personne à qui vous avez parlé mentait, lui dit-il calmement.

Ses amis se mirent tous à rire, mais Jane ne fit pas l'ombre d'un sourire.

Elle secoua la tête.

— Non. Je sais que vous avez la réputation d'être extrêmement bourru, mais quiconque a fait ce que vous avez fait... risquer votre vie et votre carrière pour sauver quelqu'un qui avait désespérément besoin d'un champion est quelqu'un que je suis fière de connaître.

Jane sentit Storm lui serrer la main, mais elle ne quitta pas Phantom des yeux.

Il la fixa encore un moment avant de hocher la tête et de regarder Storm.

— Elle fera l'affaire, dit-il, puis il se tourna et se dirigea vers une femme aux cheveux roux derrière lui.

— C'est un grand compliment venant de Phantom, lui dit Rocco. Nous vous avons tous vue dans le coin et nous apprécions votre efficacité. Je me souviens d'une fois où j'avais été appelé à la salle du courrier parce que j'attendais un paquet très important, et personne ne semblait savoir où diable il était, même si le suivi montrait qu'il avait été livré à la base. Vous avez personnellement pris le temps de le retrouver. Il avait été livré au mauvais bureau, et la secrétaire était nouvelle et trop occupée à essayer d'apprendre tout le reste de son travail pour s'en charger. J'apprécie que vous ayez pris le temps de le retrouver.

Jane hocha la tête. Elle ne se souvenait pas de l'incident spécifique dont Rocco parlait. Elle passait beaucoup de temps à essayer de retrouver des lettres et des paquets égarés.

— Je suis heureuse d'avoir pu le trouver pour vous, répondit-elle.

À ce moment-là, une petite fille courut vers Ace et le serra autour de la taille.

— Viens jouer, papa ! supplia-t-elle.

Ace la souleva de ses pieds et la mit à l'envers. La fillette cria.

— Tu veux jouer, Rani ? demanda-t-il.

Puis elle fit un sourire à Jane et se dirigea vers deux autres jeunes filles qui semblaient plus que prêtes à jouer avec leur papa. Une femme blonde, dont Jane supposa qu'elle était sa femme, se contenta de secouer la tête devant ses pitreries.

Un par un, les autres hommes de l'équipe de Rocco lui dirent qu'ils étaient heureux de la rencontrer puis retournèrent vers leurs femmes et leurs familles. Si Jane était tombée sur la fête de la plage par hasard, elle n'aurait jamais deviné qu'elle avait en face d'elle des SEAL capables de tuer.

— Prête à rencontrer mon autre équipe ? demanda Storm.

Jane prit une profonde inspiration.

— Allons-y, marmonna-t-elle.

Storm gloussa et se pencha pour l'embrasser sur la joue.

— Pour ce que ça vaut... ils t'ont aimée.

Jane leva les yeux au ciel.

— Quoi ? C'est vrai, insista-t-il.

— Storm, tu es leur chef. Ils ne le diraient pas s'ils ne m'aimaient pas. Et me rencontrer pendant deux secondes n'est pas suffisant pour qu'ils sachent s'ils m'aiment ou pas.

— Faux, dit immédiatement Storm. Ce ne sont pas des hommes qui supportent les idiotes. J'ai fait l'erreur d'amener une femme que je fréquentais comme ça à l'un de ces événements il y a des années, et il a été plus que clair que personne ne pensait qu'elle était assez bien pour moi.

— Qu'est-ce qui t'a fait penser ça ? demanda Jane.

Storm haussa les épaules.

— Des petites choses. Ils ne lui ont pas serré la main. Ils n'ont pas engagé la conversation. Ils m'ont parlé comme si elle n'était pas là. Ils étaient en fait assez grossiers, mais ils avaient compris. Donc, tu vois, bébé, ils font plus que t'approuver.

— Alors, c'est ce qu'*on* fait ? reprit-elle.

— Qu'est-ce que tu veux dire ? demanda-t-il, en fronçant les sourcils.

— Tu as dit que tu avais amené une femme avec qui tu sortais occasionnellement. C'est ce qu'on fait ?

Elle détestait se sentir peu sûre d'elle, mais ne pouvait pas s'en empêcher.

— Non, dit-il fermement. Nous ne faisons rien occasionnellement. Si c'était le cas, tu ne te réveillerais pas dans mon lit aussi souvent que tu le fais. Je peux compter sur les doigts d'une main le nombre de femmes avec qui j'ai dormi toute la nuit.

Elle le regarda, l'air incrédule.

— Vraiment ?

— Vraiment, confirma-t-il. Tu es prête à rencontrer Wolf et les autres maintenant ?

Elle acquiesça, se sentant à la fois remise en place et spéciale.

La rencontre avec la deuxième équipe SEAL se déroula de la même manière qu'avec Rocco et les autres. Les hommes étaient polis, et leurs femmes étaient extrêmement amicales et ouvertes. Leurs enfants étaient bien élevés, et tout le monde semblait heureux de la rencontrer.

Ensuite, Jane se détendit pour la première fois, heureuse que les présentations soient terminées et qu'elle puisse s'asseoir et profiter de la journée avec Storm à ses côtés.

Ils passèrent trois heures à rire avec les uns et les

autres, et Jane rejoignit quelques épouses lorsqu'elles emmenèrent les enfants pour une pause-cornets.

Dans l'ensemble, ce fut une journée incroyable. Jane n'aurait pas dû être surprise de voir combien de personnes la connaissaient, mais elle le fut quand même. Elle travaillait sur la base depuis très longtemps, et apparemment son travail acharné et son attention aux détails avaient fait plus de différence qu'elle ne le pensait.

Ils étaient sur le chemin du retour et Storm avait sa main dans la sienne, comme d'habitude. Il la regarda.

— Tu as l'air... satisfaite.

— Je le suis, lui dit-elle immédiatement.

— Tout le monde t'a aimée. Je n'en avais aucun doute.

— J'ai beaucoup apprécié de rencontrer tous ceux avec qui tu travailles. Je comprends maintenant pourquoi tu travailles si dur pour t'assurer d'avoir le maximum d'informations avant qu'ils ne partent en mission.

Storm hocha la tête, l'air sérieux.

— Ce sont des hommes bons. De très bons hommes. Et je ne me pardonnerais jamais si je les envoyais dans un merdier et que quelqu'un finissait blessé ou mort. Tu as vu leurs épouses et leurs familles aujourd'hui. Je ne voudrais jamais priver quelqu'un de son mari ou de son père.

— Il y avait d'autres équipes qui n'étaient pas là aujourd'hui, non ? demanda-t-elle.

Storm hocha la tête.

— Oui. Wolf et ses gars ne vont plus en mission active. Ils restent ici et aident à former les nouvelles équipes et à donner un coup de main lors de la formation des démineurs sous-marins. Mais j'ai deux autres équipes avec lesquelles je travaille qui n'ont pas pu venir aujourd'hui. L'une est en formation, et l'une en service temporaire à Hawaï.

— Ça n'a pas l'air trop mal, dit Jane avec un sourire.

— Oh, Hawaï est sympa, mais l'équipe avec laquelle ils travaillent prend un grand plaisir à aplatir tous ceux qui viennent s'entraîner avec eux. C'est beaucoup plus humide à Hawaï qu'ici en Californie du Sud, et même si mes gars peuvent s'adapter à peu près à tout, ça fait des ravages, gloussa Storm.

— Tu les as rencontrés ? demanda Jane, extrêmement curieuse de savoir qui travaillait avec Storm.

— J'ai rencontré leur chef d'équipe, Mustang. Il est venu à l'audience disciplinaire de Phantom. Il a été témoin et l'a soutenu à cent pour cent.

— Waouh ! Il connaît Phantom ? demanda Jane.

— La communauté SEAL est soudée. Et Phantom et Kalee ont passé du temps avec Mustang et son équipe quand ils étaient à Hawaï.

Jane hocha la tête. Elle avait entendu l'histoire de Phantom qui avait amené Kalee à Hawaï pour essayer de la réacclimater à la vie après sa captivité par des rebelles au Timor-Leste, où il l'avait sauvée.

— Mustang, Midas, Aleck, Pid, Jag et Slate sont des hommes bons.

— Je pense que tu dirais ça de *toutes les* équipes SEAL, dit Jane.

— En fait, non, répondit sérieusement Storm. Ils sont tous techniquement compétents, mais certaines équipes fonctionnent mieux ensemble que d'autres. Certains hommes ont un déclic et l'équipe fonctionne comme une machine bien huilée.

— Oui, j'ai eu des employés comme ça.

Storm lui sourit.

— Je suis content que tu aies passé un bon moment aujourd'hui. Tu avais l'air de bien t'entendre avec les femmes.

— C'est vrai. Elles étaient toutes très accueillantes et ouvertes. Mais je sais que c'est parce que j'étais avec toi.

— Non. C'est parce qu'elles sont comme ça, lui dit Storm. Et parce que tu es facile à vivre. C'est ce que j'ai ressenti dès le début. Tu es apaisante, et quand je suis près de toi, je me sens plus détendu.

Jane ne savait pas trop quoi répondre à cela, alors elle se contenta de lui sourire.

— Tu as pris un peu de soleil aujourd'hui, lui dit-il. Tu aimes prendre des bains ?

— Oui. Pourquoi ?

— Parce que j'ai pensé t'en proposer un quand on rentrera à la maison. Tu pourras te détendre et faire trempette pendant que je nous prépare quelque chose de léger à manger. Ensuite, j'ai pensé que nous pourrions regarder un des nombreux films qui prennent la poussière sur mon étagère.

— J'adorerais ça, lui dit Jane.

Même si elle aimait faire l'amour avec lui, elle n'était plus aussi jeune qu'avant et était fatiguée d'avoir passé toute la journée au soleil et d'avoir été sollicitée tout l'après-midi. Une soirée tranquille, à végéter devant la télé et à se blottir contre son homme semblait idyllique.

— Mais tu ne dois pas toujours cuisiner pour moi, protesta-t-elle.

— J'aime ça, lui dit-il honnêtement. Cuisiner pour moi-même est ennuyeux et devient lassant. J'aime te gâter.

— Loin de moi l'idée de protester, lui dit-elle, puis elle changea de sujet.

— Tu penses que Dag est inquiet à propos de ce Sandburg ?

Elle avait pensé à ce qu'il avait dit toute la journée, et cela la dérangeait que Dag puisse être encore en danger.

Storm secoua la tête.

— Non. Maintenant que le NCIS l'a sur son radar, il ne sera plus une menace pour longtemps. Je suis sûr que d'ici lundi les choses seront résolues, et nous pourrons tous nous détendre.

— Jusqu'à la prochaine personne qui pense que la violence lui permettra de se sentir mieux ou résoudra ses problèmes, marmonna Jane.

— C'est vrai. Mais que dirais-tu si, pour ce soir, et le reste du week-end, nous essayions de ne pas penser au travail et de profiter du temps que nous passons ensemble ?

— Marché conclu, répondit Jane immédiatement.

— Vas-y, ferme les yeux, il faudra encore une demi-heure environ pour traverser ce trafic et rentrer à la maison.

La maison. Jane aimait le son de cette phrase plus qu'elle ne le devrait pour le temps qu'elle avait passé avec Storm. Mais elle se contenta de hocher la tête avant de la poser sur l'appuie-tête derrière elle.

CHAPITRE DIX

Le lundi matin, Storm était sûr à 99 % de vouloir passer le reste de sa vie avec Jane. Le week-end avait été parfait. Ils s'entendaient si bien et avaient fusionné si facilement que c'était comme s'ils s'étaient connus toute leur vie.

Habituellement, à ce stade de la relation, Storm se sentait nerveux et avait hâte de retourner à son ancienne routine de solitude. Mais il ne pouvait pas s'imaginer passer un seul jour sans parler à Jane ou être avec elle. Il avait passé toute sa vie à la chercher, mais ne l'avait pas su avant leur rencontre. S'il croyait à ce genre de choses, il penserait qu'ils étaient faits pour être ensemble. Destin divin ou amants réincarnés. Quoi qu'il en soit... il allait faire tout ce qui était en son pouvoir pour s'attacher à elle et la traiter si bien qu'elle ne voudrait jamais le quitter.

Ils avaient fait l'amour hier après-midi, et cela avait été lent et paresseux. Il n'avait jamais pensé qu'il serait un jour dans une relation où les câlins étaient presque aussi satisfaisants que d'être à l'intérieur de sa partenaire. Mais c'était le cas maintenant.

Il détestait devoir retourner dans le « monde réel » et, pour la première fois de sa carrière, Storm avait hâte de vivre en dehors des Marines. Il avait beaucoup donné à son pays et était impatient de ne plus avoir à se lever aux aurores pour donner encore plus, surtout quand il pensait à Jane au réveil.

Il verrouilla sa porte et se dirigea vers le parking avec Jane à ses côtés. Il l'avait conduite tout le week-end, et il était malheureux de devoir s'en séparer maintenant... mais c'était un homme adulte, tout comme elle était une femme adulte, et ils avaient tous deux un travail à accomplir.

— Tu auras une pause déjeuner aujourd'hui ? demanda-t-il.

Jane secoua la tête.

— Je n'ai généralement pas le temps le lundi. Le courrier du samedi est empilé, et je préfère sauter le déjeuner et le trier plutôt que de le laisser continuer à s'empiler.

— Tu reviens ici ce soir ? l'interrogea-t-il avec espoir.

Jane se retourna pour le regarder.

— Est-ce que tu... Est-ce qu'on précipite les choses ? dit-elle.

— Non, lui dit Storm immédiatement. Nous sommes allés vite, mais ça semble bien. N'est-ce pas ?

— C'est vrai, mais je ne veux surtout pas que les choses aillent si vite que tu le regretterais.

— Ça n'arrivera pas, dit Storm avec insistance. Mais si tu veux ralentir les choses, je le respecterai.

— Tu pourrais venir à mon appartement... dit-elle timidement, laissant ses mots s'échapper.

— Marché conclu, lui dit Storm.

— Je sais que mon lit n'est pas aussi grand et que tu as une meilleure cuisine, ajouta-t-elle.

— Ça n'a pas d'importance. Où que tu sois, c'est là que je veux être.

Il la vit rougir.

— Tu es trop bon pour moi, dit-elle.

— Pas du tout, affirma Storm, puis il se pencha et l'embrassa brièvement. Nous devons aller au travail ou nous serons en retard. Je te suivrai, comme d'habitude.

Il aimait qu'ils partent au travail à la même heure. Il aurait préféré la conduire, mais ils avaient tous les deux besoin de leur voiture au cas où ils auraient besoin de sortir de la base dans la journée. Storm attendait avec impatience le jour où elle se sentirait à l'aise pour prendre sa Golf lorsqu'elle aurait besoin de faire une course, mais il s'en contentait pour l'instant.

— OK. Conduis prudemment, lui dit-elle.

— Toi aussi, bébé, répondit Storm en lui serrant la main une fois de plus avant de la lâcher et de se diriger vers sa voiture.

Il se retourna une fois pour voir Jane le regarder et leva le menton dans sa direction. Elle lui fit un petit signe de la main et se dirigea vers sa Camry. Lorsqu'elle était venue le vendredi soir, le parking était bondé et elle avait dû se garer à quelques rangées de l'endroit où se trouvait sa voiture.

Storm arriva à son véhicule et le démarra. Il prit une minute pour consulter une fois de plus ses e-mails avant de passer la vitesse et de faire marche arrière. Il s'arrêta à l'endroit où se trouvait Jane et vit qu'elle sortait déjà du parking.

C'était inhabituel qu'elle n'attende pas qu'il s'arrête derrière elle, mais il n'y pensa pas trop. Ils étaient un peu en retard, probablement parce qu'il avait hésité à sortir du lit et avait passé dix minutes de plus à la tenir contre lui ce matin-là après la sonnerie du réveil. Elle était probablement juste impatiente d'aller travailler et de ne pas être en retard.

Storm sortit du parking et rattrapa Jane assez rapidement. Puis il fronça les sourcils – quelque chose ne semblait pas comme d'habitude.

Il lui fallut un moment pour comprendre ce que c'était, et quand il réussit, les poils de sa nuque se hérissèrent.

Il y avait une femme dans la voiture avec Jane. Assise sur le siège avant à côté d'elle. Il ne pouvait pas imaginer qu'elle aurait pu la rencontrer et accepter de la prendre en stop pendant les trente secondes où elle était hors de sa vue.

Lorsqu'ils s'arrêtèrent à un feu, Jane ne regarda pas dans sa lunette arrière pour lui faire signe, comme elle le faisait souvent.

Quelque chose n'allait pas. Il le savait dans ses tripes.

Et Storm savait qu'il ne fallait pas ignorer son instinct. Cela lui avait sauvé la vie plus d'une fois lorsqu'il était SEAL. Il n'avait pas ressenti cela depuis très longtemps, mais il n'oublierait jamais ce sentiment.

Prenant son téléphone, il composa un numéro qu'il avait mémorisé il y a longtemps... juste au cas où. La police des Marines.

* * *

Jane s'accrochait au volant et regardait droit devant elle, trop terrifiée pour faire quoi que ce soit qui puisse énerver la femme assise à côté d'elle. Alors qu'elle souriait en se rappelant combien Storm avait été doux ce matin-là, tout à coup, une femme avait ouvert la portière du côté passager et lui avait enfoncé un couteau dans le côté en lui disant de conduire.

Elle aurait quitté la voiture sur-le-champ parce qu'elle savait qu'il ne fallait pas laisser un voleur de voiture l'emmener dans un endroit où il serait plus facile de la tuer et de se débarrasser de son cadavre, mais la femme avait dit à voix basse :

— Cette boîte sur mes genoux contient une bombe. Si tu ne fais pas exactement ce que je dis, nous allons toutes les deux exploser en petits morceaux, et personne ne retrouvera jamais tous nos morceaux.

Jane savait qu'elle ne mentait pas. Alors elle avait enclenché la vitesse et s'était mise à rouler.

— Je m'appelle Jane. Comment tu t'appelles ? demanda-t-elle, pensant que si elles se tutoyaient, elle serait peut-être moins encline à la tuer.

— Ce n'est pas important, puisque nous serons toutes les deux mortes si tu ne fais pas exactement ce que je dis, mais c'est Carlin. Je t'ai vue à la télé, dit la femme avec nonchalance alors que Jane roulait vers la base navale. Je parie que le gaz CS t'a fait mal, n'est-ce pas ?

Carlin semblait assez calme pour le moment, mais Jane ne pouvait s'empêcher de jeter un coup d'œil à la boîte sur ses genoux. Elle avait l'air si... ordinaire. Mais si elle avait été capable de fabriquer une bombe lacrymogène, Jane ne doutait pas qu'elle serait capable de faire quelque chose de plus mortel.

Ses mains étaient moites sur le volant et elle ne voulait rien d'autre qu'envoyer un signal à Storm, qu'elle savait être derrière elle, mais elle avait peur que la femme assise à côté d'elle ne s'en rende compte et fasse quelque chose de radical. Elle décida donc de rester calme et de faire ce qu'on lui demandait... du moins pour l'instant.

— Oui, ça craint, dit Jane honnêtement.

Carlin haussa les épaules.

— Elle ne t'était pas destinée, s'excusa-t-elle quelque peu. Le contre-amiral Creasy était celui qui devait l'ouvrir.

— Pourquoi ? demanda Jane simplement.

— Parce que c'est un connard ! dit-elle. Il n'a même pas réfléchi à deux fois avant de virer mon mari de la Marine. Simon travaillait comme un fou, et il aidait ces pauvres gens à l'étranger. Il n'aurait jamais volé de l'argent à *qui que ce soit*. Ses commandants avaient tout faux, et quand il a essayé d'expliquer, ils n'ont même pas écouté ! Ils l'ont viré sans même sourciller. Il a ruiné sa vie et la mienne.

Jane cligna des yeux de surprise. Elle se rappelait que Dag et Storm avaient parlé du lieutenant Simon Sandburg. À l'époque, ils avaient pensé que la personne qui avait envoyé la bombe était lui, mais les preuves suggéraient actuellement le contraire.

— Je suis désolée, dit Jane, ne sachant pas trop quoi dire pour paraître à la fois sympathique et empathique. On dirait que tu as eu des moments difficiles ces derniers temps.

— Bien sûr que oui, dit Carlin. J'ai travaillé comme une forcenée pour faire avancer les choses, tout en essayant d'encourager Simon à trouver un autre emploi, à faire *quelque chose*. Mais, au lieu de cela, il passe tout son temps – et notre argent – au bar, à noyer son chagrin. Je lui ai dit que nous pourrions engager un avocat, prouver qu'il est innocent et que l'argent lui a été donné par des gens qui étaient si reconnaissants que quelqu'un les aide, mais il refuse.

Jane voulait lever les yeux au ciel. Pouvait-elle vraiment être aussi stupide ?

— Il n'y a rien de mal à ce qu'un militaire reçoive des cadeaux de remerciement. Ce connard de Creasy n'a même pas voulu l'écouter pendant sa cour martiale. Tout ça a pris moins de dix minutes. *Dix minutes*, et nos vies ont été ruinées. Putain de connard ! Il regrettera d'avoir viré Simon. Je vais m'en assurer.

— Quel est ton plan ? demanda Jane, ayant besoin de connaître la réponse et la redoutant en même temps.

— Eh bien, j'allais attendre que les choses se calment, puis frapper quand Creasy s'y attendrait le moins, mais après que ces gars du NCIS sont venus chez nous ce week-end et ont cuisiné Simon, j'ai dû changer mon planning. Ces enflures ne seront pas contentes tant qu'elles n'auront pas complètement démoli mon mari. Je dois aller à la base, lui dit Carlin. Je ne pouvais pas envoyer le genre de bombe que je voulais la dernière fois. Je savais qu'elle serait trop secouée et que l'explosif se déclencherait avant que je ne le veuille. Je pensais avoir perfectionné la bombe CS pour qu'elle n'explose que lorsque la boîte était ouverte, mais apparemment j'avais tort.

Oui, apparemment.

— Alors quoi ? demanda Jane.

— Je ne peux pas entrer dans la base par moi-même parce que ma carte d'identité militaire a été confisquée lorsque mon mari a été traduit en cour martiale. Donc j'ai besoin de *toi* pour me faire entrer. Tu montreras ta carte d'identité à l'entrée, et je leur donnerai le faux permis de conduire que j'ai obtenu. Tout ira bien si tu te portes garante pour moi. Si tu fais ça, tu seras libre. Alors sois une bonne fille et ne fais rien de stupide, dit Carlin d'un ton dur. Je n'hésiterai pas à faire exploser cette putain de bombe et je tuerai autant de personnes que possible.

Jane regarda dans le rétroviseur et vit la voiture de Storm derrière elle. Elle ne voyait pas comment l'avertir de ce qui se passait et de la personne assise à côté d'elle sans énerver Carlin.

— Et pour Simon ? demanda-t-elle.

— Lui ? demanda Carlin.

— Que va-t-il penser de tout ça ?

— Quand il saura ce que j'ai fait, tout ce que j'ai fait pour le venger, il sera fier de moi. On quittera ce putain d'État, on trouvera un nouveau boulot ailleurs, et on vivra heureux pour toujours. Il a juste besoin de laisser ça derrière lui. Et s'assurer que Creasy n'est pas là pour rendre la vie de quelqu'un d'autre misérable est le moyen idéal de le faire.

Jane avala de travers, incrédule. Cette femme pensait-elle vraiment qu'elle pouvait livrer une bombe, tuer un contre-amiral, se faufiler hors de la base et vivre heureuse pour toujours ? Que son homme approuverait une telle chose et sortirait de sa dépression ?

Et qu'en était-il d'elle ? Avait-elle seulement pensé au fait que Jane ne ferait rien pour l'aider ?

Carlin était assise là, lui racontant tous ses plans. Elle devait savoir que Jane irait voir les autorités dès qu'elle sortirait de la voiture.

Sachant qu'elle était dans les ennuis, et qu'il était probable que Carlin ait un autre plan pour elle, Jane fit de son mieux pour rester calme. Elle ne pouvait pas paniquer. Elle devait réfléchir à ce qu'elle allait faire et être prête à sortir de cette voiture à tout moment.

Jane pensa à provoquer un accident de voiture, mais cela aurait pu déclencher la bombe sur les genoux de Carlin. La dernière chose qu'elle voulait était d'impliquer quelqu'un d'autre dans le plan diabolique de cette femme. Elle ne voulait pas être responsable de la mort de quelqu'un.

— Pourquoi moi ? demanda Jane à voix basse.

Carlin haussa les épaules.

— Quand je t'ai vue à la télé, je me suis sentie mal que tu sois prise au milieu de mon plan de vengeance. Tu n'es qu'une simple factrice. Je t'ai suivie, pensant m'excuser d'une manière ou d'une autre… mais, ensuite, je t'ai vue avec *lui*.

— Qui ? Creasy ? demanda Jane, confuse.

— Non. Son ami. Je ne connais pas son nom, et je m'en fiche. Je t'ai suivie, j'ai compris que tu le baisais. Mais je savais que tu prenais ta voiture pour aller travailler. C'était assez facile de se cacher près de ta voiture et de te surprendre. Puisque tu couches avec l'ennemi, je n'ai aucune raison d'être désolée pour toi, dit Carlin.

La tête de Jane tourna.

— Storm n'est pas l'ennemi, lâcha-t-elle, détestant entendre quelqu'un dire du mal de lui.

— Il l'est ! insista Carlin. Il traîne avec Creasy. Il a probablement viré sa part de Marines compétents et travailleurs aussi. Ce sont *tous* des connards, et si tu couches avec lui, tu es une salope. Donc ça n'a pas d'importance si tu meurs. En fait, comme tu sais tout de ce que je vais faire, c'est inévitable.

Carlin parlait de la tuer avec tant de nonchalance, si facilement, que Jane fut choquée. Et c'était difficile de la surprendre après tout ce qui s'était passé avec son mariage, l'adolescence troublée de sa fille, et après avoir travaillé sur la base militaire pendant si longtemps.

— N'essaie pas d'être une héroïne, lui dit Carlin, en enfonçant un peu plus dans sa chair le couteau toujours présent dans son flanc.

Jane inspira brusquement lorsque la pointe de la lame traversa sa chemise et entailla sa peau.

— Je ne le ferai pas. Je ne le ferai pas, dit-elle immédiatement, faisant de son mieux pour éloigner son corps du couteau.

Mais il n'y avait pas beaucoup d'espace dans sa petite Camry entre le siège du passager et celui du conducteur. C'était un détail qu'elle aimait quand Storm était dans la voiture avec elle. Elle n'aimait vraiment pas ça maintenant.

Elles roulèrent vers la base en silence et, lorsqu'elles commencèrent à se rapprocher, le rythme cardiaque de Jane s'accéléra, et elle sentit l'adrénaline couler dans ses veines. Le meilleur moment pour s'échapper serait quand elle devrait s'arrêter à la porte. Quand l'officier de marine lui demanderait sa carte d'identité. Elle ne voulait surtout pas qu'il soit blessé, mais elle ne voulait pas non plus que Creasy meure. Ou elle-même.

— Sois cool, prévint Carlin alors qu'elles approchaient de la grille de la base. Ne fais rien de stupide, ou *boum* ! Tu ne baiseras plus jamais ce connard avec qui tu es.

Une goutte de sueur coula sur le côté du visage de Jane, et elle sut que Carlin ne plaisantait pas. Elle était folle, de toute évidence, et si elle était prête à mourir pour se venger du contre-amiral Creasy, elle n'aurait aucun problème à abattre quiconque se trouverait sur son chemin.

En regardant à nouveau dans le rétroviseur, elle vit que Storm s'était garé si près d'elle dans la courte file d'attente à l'entrée qu'elle ne pouvait même pas voir ses phares.

Est-ce que cela signifiait qu'il savait que quelque chose n'allait pas ? Qu'il avait un plan ?

Jane espérait de tout son cœur que c'était le cas, même si elle espérait aussi qu'il n'en était pas conscient. Dans le dernier cas, il était en sécurité. Dans le premier cas, cela pourrait les faire tous tuer...

Mais cela pourrait bien les sauver aussi.

Zut.

— Pièces d'identité s'il vous plaît, dit le lieutenant lorsque Jane s'arrêta devant le petit poste de garde.

Elle se retourna pour regarder Carlin. Elle avait un sourire éclatant sur le visage et le couteau qu'elle tenait sur le côté de Jane n'était plus là. Mais cette satanée boîte sur ses genoux semblait encore plus grande qu'auparavant. Ce n'était pas le cas, bien sûr, mais Jane ne pouvait s'empêcher de sentir le danger qui s'y cachait.

Elle attrapa lentement son sac à main pour en sortir sa carte d'identité et vit Carlin lui lancer un regard impatient. Jane voulait dire quelque chose au jeune officier. Pour lui donner un indice sur le danger qu'ils couraient tous, mais elle ne voulait pas non plus risquer sa vie... ou la sienne.

Elle prit la carte d'identité qui lui permettait d'accéder à la base et prit la fausse carte que Carlin lui tendait. Elle remit les deux à l'officier, en ouvrant très grand les yeux, espérant contre toute attente qu'il comprenne.

Sans hésiter, l'homme se détourna d'elle et apporta les cartes d'identité dans le poste de garde, comme le veut le protocole. Jane savait qu'il les scannerait toutes les deux, puis, si rien ne semblait anormal, il les rendrait et elles repartiraient.

Le temps s'écoulait extrêmement lentement. Chaque seconde semblait être une éternité. Jane jeta un coup d'œil autour d'elle sans tourner la tête et, à ses yeux, il lui sembla qu'il y avait plus de personnes que d'habitude autour de la porte de la base. Le ciel commençait tout juste à s'éclaircir avec le lever du soleil, et elle voyait des membres de la police navale presque partout. Cela lui donnait de l'espoir, mais en même temps une peur bleue. Plus de personnes, cela signifiait plus de victimes si quelque chose tournait mal.

Après un moment, le jeune officier se tourna vers elle.

— Il y a un problème avec votre identité, madame

Hamilton. Pouvez-vous, s'il vous plaît, sortir de la voiture ?

Pendant une seconde, les espoirs de Jane augmentèrent. Elle défit sa ceinture de sécurité et attrapa la poignée de sa porte. Elle venait juste de l'ouvrir un peu quand Carlin bougea.

Le couteau était à nouveau pressé contre sa peau, mais cette fois, il était sur sa gorge.

— Reculez, ordonna Carlin au lieutenant. Elle ne va nulle part. Vous allez ouvrir cette foutue porte et nous laisser passer, sinon je l'étripe comme un porc et je déclenche cette bombe sur mes genoux. Vous avez dix putains de secondes pour le faire. À partir de *maintenant*.

Les yeux de l'officier s'ouvrirent en grand, mais son regard se porta sur quelque chose derrière Carlin. Sans bouger la tête, Jane vit du coin de l'œil trois officiers de la police navale, leurs pistolets pointés droit sur Carlin.

— Posez le couteau, *maintenant* ! cria l'un d'eux.

En quelques secondes, la voiture fut entourée par plus de policiers que Jane n'en avait vu en un seul endroit depuis qu'elle avait commencé à travailler sur la base. Elle n'était pas dans le parking lorsque Phantom et sa petite amie avaient été attaqués, mais elle imaginait qu'il ressemblait probablement beaucoup à la zone autour de sa voiture en ce moment.

— Reculez ! cria Carlin d'une voix un peu désespérée. J'ai une bombe et je vais la déclencher, putain ! Je vais le faire ! Ne me cherchez pas !

— Détendez-vous, dit l'un des officiers de police. On va trouver une solution, et personne ne sera blessé.

— Mais je *veux* que les gens soient blessés, hurla

Carlin. Comme mon mari et moi l'avons été ! Faites venir le contre-amiral Creasy. *Tout de suite !*

Jane se mit à trembler violemment sur son siège. La voiture était entourée de garde-côtes – SP ou maîtres d'armes... quel que soit le nom donné à la police navale. Elle n'arrivait pas à se souvenir s'ils étaient des SP quand ils étaient sur un navire et des maîtres d'armes quand ils étaient sur la base, ou vice versa, ou les deux.

Elle savait que son esprit allait dans un million de directions différentes, et elle se força à se concentrer. Peu importe comment on les appelait. La police était la police, et elle priait pour qu'ils trouvent un moyen de sortir tout le monde de là en un seul morceau. Vraiment.

Jane était assise aussi immobile que possible, espérant contre toute attente que Carlin oublierait qu'elle était assise là, avec toute l'agitation qui régnait autour d'elles... quand elle sentit quelque chose effleurer sa main gauche.

Quand elle avait ouvert sa porte, et après que Carlin eut enfoncé le couteau dans son cou, Jane avait laissé sa main pendre mollement sur son côté.

Mais maintenant, quelqu'un la tenait. Fermement.

Elle ne pouvait pas regarder en bas pour confirmer qui c'était, mais elle aurait reconnu la sensation des doigts calleux n'importe où. Dans sa panique, elle avait oublié que Storm était derrière elle. Mais il était manifestement sorti de sa voiture et était maintenant à ses côtés. Elle pria pour que Carlin ne puisse pas le voir.

L'avoir là la terrifiait – mais cela la rendait aussi plus déterminée que jamais à faire ce qu'elle pouvait pour s'assurer que cela s'achève sans qu'elle, ou Storm, ne finisse en petits morceaux sur l'asphalte.

Elle serra sa main aussi fort qu'elle le put, et la façon dont il resserra son emprise la fit soupirer de soulagement. Storm était là. Il l'aiderait. Elle devait juste être prête pour ce qu'il avait en tête. Et elle ne doutait pas qu'il avait un plan.

SEAL un jour, SEAL toujours.

Storm regarda, le cœur serré, Jane s'arrêter devant le poste de garde à l'entrée de la base navale. Après l'appel de Storm à la police pour les informer qu'ils devaient rechercher la voiture de Jane, l'officier de première année était plus que conscient que quelque chose était louche. Il avait cependant reçu l'ordre d'agir normalement et de faire sortir Jane de la voiture aussi discrètement que possible.

Lorsque la voiture s'arrêta, Storm s'approcha le plus près possible et se glissa hors du siège conducteur. Il se mit immédiatement à plat ventre et rampa vers la porte de Jane. À la seconde où elle sortirait, il serait là pour l'attraper et la mettre en sécurité. Tous les autres pouvaient s'occuper de celle qui était assise à côté d'elle.

Les poils de sa nuque étaient toujours hérissés. Il savait que quelque chose n'allait pas du tout, et son seul objectif était de mettre Jane à l'abri. Il regrettait de ne pas avoir insisté pour qu'ils fassent le trajet ensemble, et à l'avenir, il s'assurerait de faire un meilleur travail pour assurer sa sécurité.

Mais ses plans tombèrent à l'eau lorsque la femme assise à côté d'elle refusa de laisser Jane sortir du véhicule. L'esprit de Storm s'emballa. Il l'entendit dire qu'elle avait une bombe et, bien qu'il ne puisse en voir aucune, il l'entendit aussi parler d'étriper Jane.

En regardant par la fente de sa porte – que Jane n'avait heureusement pas fermée –, Storm put voir à quel point elle était blanche. Elle était assise raide sur son siège, et son bras gauche était immobile à son côté.

Sans réfléchir, alors que tout le monde criait pour que l'inconnue se retire, se rende, Storm prit la main de Jane.

Ses doigts étaient glacés, et il savait que c'était à cause du choc. Il pensait qu'elle allait paniquer quand il la prendrait dans ses bras, mais il aurait dû le savoir. À la seconde où ses doigts se refermèrent sur les siens, elle se détendit. Pas complètement, mais suffisamment pour qu'il soit sûr qu'elle savait qui la touchait.

Et quand elle serra ses doigts en retour, la détermination monta en lui une fois de plus.

Il n'allait pas la perdre. Pas question. Il ignorait si la femme assise à côté d'elle avait une vraie bombe ou non, mais il n'allait pas prendre de risques.

Par miracle, Storm n'avait pas été vu et il s'accroupit encore plus bas. Il ne voulait pas que l'autre femme l'aperçoive dans le rétroviseur. Un faux mouvement et ils pouvaient tous exploser. Il n'avait pas passé quarante-sept ans sans trouver la personne qui devait être sienne pour la perdre maintenant.

Non. Juste non.

Plus Storm restait accroupi près de la voiture et écoutait la femme déblatérer et demander aux officiers de faire sortir Creasy, plus il était déterminé. Un plan se forma dans son esprit, et il tourna la tête pour regarder autour de lui. Sa position n'était pas idéale. La voiture de Jane était proche de la cabane du garde, ce qui ne leur laissait pas beaucoup de place. Mais elle s'était garée assez loin pour que l'ouverture de la cabane soit derrière la porte, juste assez loin quand elle était ouverte.

En hochant la tête, Storm regarda autour de lui, essayant de voir qui d'autre était là. Il vit beaucoup de jeunes recrues et d'officiers plus âgés, mais pas ceux qu'il avait besoin de voir.

Il avait appelé Rocco juste après avoir contacté la police navale, mais il savait que ça prendrait du temps pour qu'il arrive. Et il avait sûrement appelé son équipe. Bientôt, ses SEAL arriveraient.

Dépêchez-vous, les gars. J'ai besoin de vous, se dit Storm. Il savait que les psychologues feraient patienter la femme aussi longtemps que possible, mais elle était manifestement instable, et on ne savait pas combien de temps il leur restait avant qu'elle ne perde patience et poignarde Jane ou les fasse tous sauter.

* * *

— Où est-il ? hurla Carlin. Vous ne m'écoutez pas ! Je vais le faire, je n'ai rien à perdre ! Amenez Creasy ici que je puisse lui parler. C'est tout ce que je veux !

— Nous y travaillons, répondit l'homme qui avait tenté de négocier avec Carlin.

— Travaillez plus vite ! cria-t-elle. Si vous pensez que je plaisante, ce n'est pas le cas. J'ai déjà fait exploser une bombe sur cette base, et je vais le refaire ! Mais cette fois, ça va faire des putains de dégâts ! Si tu ne veux pas être responsable de la mort de tous ceux qui sont à portée de voix, tu vas le faire venir ici maintenant !

Jane fit abstraction de Carlin et fit de son mieux pour trouver un plan. Elle pouvait appuyer sur l'accélérateur et faire tout ce qu'elle pouvait pour éloigner la voiture du portail et de tous les gens avant que Carlin ne déclenche la bombe. Mais il n'y avait aucune garantie qu'elle puisse passer une vitesse et s'éloigner avant que la bombe n'explose. Elle pourrait essayer d'arracher le couteau et la boîte à Carlin, mais là encore, le moindre mouvement pourrait déclencher la bombe et tout le monde serait tué de toute façon. Elle pouvait attendre que les négociateurs fassent leur travail, mais Carlin ne semblait pas vouloir capituler. Jane ne savait pas si voir et parler à Creasy aiderait ou empirerait la situation.

Jetant un coup d'œil dans le rétroviseur, Jane vit un grand pick-up Chevrolet contourner les autres véhicules qui avaient été évacués dans la file derrière elle. Elle le reconnut. Gumby, un des hommes de Storm, en possédait un comme ça. Elle l'avait vu à la fête de la plage... c'était il y a deux jours ?

L'espoir montait en elle et pour la deuxième fois – la première fois, c'était lorsqu'elle avait réalisé que Storm lui tenait la main – elle pensait qu'elle pourrait s'en sortir vivante. Elle ne savait pas comment, mais si quelqu'un pouvait le découvrir, c'était bien Storm et son équipe.

— Je perds patience ! cria Carlin en agitant le couteau qui était sous la gorge de Jane.

Elle le jeta inutilement par la fenêtre vers le négociateur qui se tenait à au moins six mètres de la voiture.

— Amenez. Moi. Creasy ! Il doit savoir que ses actions ont des conséquences ! S'il n'avait pas injustement fait passer mon mari en cour martiale, cela ne serait pas en train d'arriver !

Le soleil commençait tout juste à dépasser l'horizon et, comme par hasard, la porte était orientée vers l'est. Jane grimaça, sachant que le soleil l'aveuglerait lorsqu'il se lèverait. Dans dix minutes, ce ne serait pas une nuisance, mais dans les quelques minutes qu'il prendrait pour monter suffisamment haut dans le ciel, il serait impossible de voir ce qui se passe devant le véhicule.

— *Putain,* jura Carlin à côté d'elle. Tout ça est parti en couille !

Le soleil s'était soudain levé assez haut dans le ciel pour envoyer ses rayons aveuglants directement dans les yeux de Jane et de la femme agitée à côté d'elle.

Puis Jane sentit Storm serrer sa main, fort.

Elle se crispa et retint sa respiration. C'était le moment. Ce que Storm avait prévu allait se produire. Elle espérait que si ça ne marchait pas et que la bombe explosait, sa mort serait rapide. Elle n'avait jamais eu peur de mourir, mais elle n'aimait pas la douleur.

Honteuse de la direction qu'avaient prise ses pensées, Jane n'était pas préparée lorsque la portière de sa voiture s'ouvrit en claquant, que Storm tira sur son bras assez fort pour le déboîter et qu'elle s'envola.

* * *

Storm fut soulagé lorsque Gumby, Rocco et Bubba sautèrent de la Silverado de Gumby et se dirigèrent furtivement vers l'autre côté de la cabane de garde. La femme – qu'il savait maintenant être la femme du lieutenant Simon Sandburg à cause de ses cris – se concentrait sur ce qui se passait à sa droite avec la police et le négociateur. Elle supposait clairement qu'avec la cabane de garde si proche sur sa gauche, il n'y aurait aucun danger à cet endroit.

Elle se trompait. Elle ne se doutait pas que quelques-uns des hommes les plus dangereux du monde étaient sur le point de mettre fin à cette impasse une fois pour toutes.

On avait conseillé à Dag de rester hors de vue, mais Storm savait qu'il était là quelque part. Dès qu'il avait entendu parler d'un problème à la porte, il avait voulu être là, même si sa présence n'était pas requise. Storm ne l'avait pas vu, mais il ne doutait pas qu'il l'observait et attendait le bon moment pour faire connaître sa présence.

Et s'il laissait Carlin Sandburg le voir, Storm savait qu'elle ferait exploser cette bombe sur ses genoux, ne serait-ce que dans le vague espoir que cela le tue aussi.

Tournant son attention vers ses SEAL, Storm vit que Bubba tenait son fusil de sniper de la Marine. Il était le meilleur tireur de l'équipe, et Storm n'avait jamais été aussi reconnaissant de voir quelqu'un de toute sa vie. Il n'était pas partisan de tuer qui que ce soit, mais il savait que Bubba serait capable de neutraliser Carlin sans la tuer, espérant ainsi mettre fin à cette impasse en toute sécurité.

Il fit un geste de la tête vers l'avant du véhicule, sachant que la position du soleil aveuglerait modérément Jane et Carlin. Il avait fait la queue assez souvent pour savoir à quel point le lever du soleil était pénible en arrivant sur la base à cette heure. Ils avaient de la chance, et à tout moment maintenant, les autres SEAL et lui pourraient utiliser cela à leur avantage.

Comprenant, ses hommes hochèrent la tête. Il désigna l'endroit où sa main était cachée par la porte, espérant qu'ils comprendraient qu'il tenait Jane. Il fit ensuite tourner sa main libre en rond et indiqua la direction dans laquelle il prévoyait d'extraire Jane du véhicule.

Rocco acquiesça et dit quelque chose à ses coéquipiers. Puis Bubba et Gumby se dirigèrent vers des positions directement devant la voiture, derrière un véhicule de police qui s'était garé là pour empêcher Jane d'entrer dans la base, et Rocco disparut par le bord de la cabane de garde.

Storm retint son souffle. Il n'y avait aucune garantie que cela fonctionne. Si Carlin était aussi bonne ingénieure que les rapports l'indiquaient, ils pouvaient tous être dans la panade. La bombe lacrymogène qu'elle avait construite était fonctionnelle, alors il ne doutait pas que la boîte sur ses genoux était aussi bien conçue et pouvait tous les tuer, comme elle le prétendait.

La détermination montait à l'intérieur de Storm une fois de plus. Personne ne ferait du mal à sa Jane.

Le temps semblait ralentir alors qu'il attendait que le soleil atteigne le point parfait dans le ciel. Le ton de Carlin était de plus en plus agité, et pendant une seconde, Storm crut qu'ils n'allaient pas y arriver. Qu'elle allait s'impatienter et décider qu'elle en avait assez d'attendre que Creasy se montre, et donc faire exploser la bombe.

En un instant, l'ambiance lourde à cause de l'angoisse de l'attente laissa la place aux premiers rayons du soleil qui éclataient au-dessus de l'horizon comme un phare de Dieu, pointant son doigt vers Carlin en signe de condamnation.

C'était une pensée fantaisiste, et Storm n'avait pas le temps de s'y attarder. Il savait que son équipe et lui n'avaient que quelques secondes pour agir. Que Carlin se rendrait compte que son front était vulnérable et que quelqu'un ferait sûrement quelque chose pour arrêter ses plans mortels.

Levant les yeux vers Bubba, qu'il voyait lever le fusil à une trentaine de mètres devant le véhicule de Jane, Storm retint sa respiration.

Il serra fort la main de Jane, essayant de l'avertir que les ennuis étaient sur le point de commencer. Il la sentit se crisper, puis il fit un mouvement.

Storm ouvrit la porte de la voiture et tira Jane vers lui de toutes ses forces.

Elle vola pratiquement hors du siège et dans ses bras. Il les jeta tous les deux en arrière vers la porte ouverte de la cabane du garde aussi vite qu'il le put. Storm devait mettre autant de distance que possible entre eux et la bombe.

Il comptait sur la soudaineté de ses mouvements pour prendre Carlin au dépourvu. Qu'il lui faudrait un moment pour réaliser ce qui se passait, que son otage s'échappait, avant qu'elle puisse faire exploser la bombe sur ses genoux. Il espérait qu'elle abandonnerait, mais il avait vu sa part de gens désespérés et fous dans sa vie, et il savait qu'elle ne se laisserait pas faire facilement.

Malheureusement pour Jane et lui, il avait raison. Il entendit Carlin crier un « non ! » frustré et angoissé au moment où Jane quitta la voiture...

Un coup de feu retentit quelque part autour d'eux...

Et puis le monde explosa.

Peut-être pas le monde, mais la voiture dans laquelle Jane était assise quelques secondes plus tôt.

Storm avait réussi à les faire passer tous les deux par le poste de garde et à les faire sortir de l'autre côté avant que la bombe n'explose, et il roula jusqu'à ce que Jane soit sous lui. Il aurait bien couru avec elle, mais il ne voulait pas faire quelque chose qui la rendrait vulnérable. Rester sur place n'était pas vraiment sûr, mais c'était mieux que des éclats de bombe déchirant son corps pendant leur course. Il couvrit son corps avec le sien, ferma les yeux et pria plus fort qu'il ne l'avait jamais fait dans sa vie. La protection douteuse de la cabane de garde ne suffirait pas à les protéger complètement, mais il espérait que cela leur sauverait la vie.

Le bruit était fort, assourdissant. Storm sentit la douleur lui frapper le dos lorsque les vitres blindées de la cabane du garde explosèrent, sans pouvoir résister à la force de la bombe.

— Storm ! cria Jane sous lui, mais il ne bougea pas. Il la serra plus fort alors que les débris pleuvaient sur eux semblant venir de toutes les directions. Malgré ses oreilles qui sifflaient et son dos qui palpitait de douleur, Storm refusait de bouger, même s'il pensait que le pire était passé. Il ne voulait pas prendre le risque que Carlin ait survécu et s'en prenne à Jane.

— Storm… cria à nouveau Jane.

Elle semblait stressée, et Storm savait qu'il devait vérifier qu'elle n'avait pas été blessée. Qu'elle ne se vidait pas de son sang et n'avait pas besoin d'une assistance médicale. Il leva la tête de quelques centimètres et sentit quelque chose tomber de lui. On aurait dit qu'ils avaient été enterrés sous ce qui restait de la cabane du garde. Si elle s'était effondrée sur eux, elle les avait aussi protégés du pire de l'explosion.

Le dos et les jambes de Storm palpitaient, mais il était vivant. Jane était en vie.

Il la regarda dans les yeux et vit que ses pupilles étaient tellement dilatées qu'on ne pouvait quasiment plus distinguer les magnifiques iris bruns dont il était tombé éperdument amoureux.

— Storm ? demanda-t-elle encore.

Sa main était toujours dans la sienne, et il la tenait fermement entre eux.

— Tu vas bien ? demanda-t-il.

Ses yeux se remplirent immédiatement de larmes, et au moment où il commençait à paniquer, elle hocha la tête.

— Grâce à toi, oui.

— Bon sang ! murmura-t-il d'un ton qui trahissait le soulagement qu'il éprouvait. Je t'aime, lâcha-t-il, sans même se soucier du fait que ce n'était probablement pas le moment ni l'endroit pour une telle déclaration. À la seconde où j'ai vu quelqu'un dans ta voiture avec toi, j'ai su que quelque chose n'allait pas. Je ne te laisserai pas partir, jura-t-il. Tu ne m'aimes peut-être pas encore, mais tu vas m'aimer. Je ferai tout ce qu'il faut.

— Je t'aime, lui dit-elle, les larmes coulant sur les côtés de ses yeux et le long de ses tempes avant d'être absorbées par ses cheveux poussiéreux. Je pense que je t'ai toujours aimé.

C'était tout ce que Storm avait besoin d'entendre. Ses lèvres se posèrent sur les siennes, et il l'embrassa comme si elle était la chose la plus précieuse de sa vie... parce qu'elle l'était.

— Je pensais t'avoir perdue, marmonna-t-il l'air désespéré.

— Je savais que tu me sortirais de là d'une manière ou d'une autre, répondit-elle.

Storm n'en était pas si sûr, mais il ne la contredirait pas.

— Monsieur ?

Ils entendirent quelqu'un crier d'au-dessus d'eux.

— Enlevez-leur ces putains de débris !

Storm poussa un gémissement lorsqu'on retira un morceau de bois de son dos.

— Tu vas bien ? demanda Jane d'un ton inquiet.

Il ouvrit la bouche pour dire qu'il allait bien, qu'il avait été blessé bien plus gravement lors de certaines de ses missions SEAL, mais, au lieu de cela, il ferma les yeux et fit de son mieux pour ne pas s'évanouir lorsqu'une planche se déplaça sur ses jambes et que quelque chose de pointu s'enfonça dans son mollet.

— Stop ! hurla Jane, faisant grimacer Storm puisqu'elle avait crié avec force, pratiquement dans son oreille. Storm est blessé ! Fais attention, putain !

Il ne put s'empêcher de glousser. Il ne se souciait pas du nombre de clous qu'il fallait lui arracher dans le dos et les jambes. Jane était en sécurité, et c'était tout ce qui comptait pour lui.

— Hé, monsieur, dit Rocco d'un ton ironique. Vous voulez rester allongé à bécoter votre femme, ou vous voulez vous lever et sortir d'ici ?

— Va te faire foutre, Marine, lui dit Storm, faisant de son mieux pour ne pas grimacer lorsque quelqu'un lui prit le bras pour l'aider à se lever.

Il accepta l'aide de Gumby et Bubba, puis se retourna immédiatement pour aider Jane. Lorsqu'ils furent tous deux debout, et que Jane fut blottie contre lui, il regarda autour de lui, incrédule.

On aurait dit qu'ils se trouvaient au milieu d'une zone de guerre. Sa voiture et celle de Jane étaient détruites. La cabane du garde était en ruines, mais elle avait fait exactement ce qu'il espérait : elle avait bloqué le plus gros de l'explosion et leur avait donné juste assez de protection pour résister à l'onde de choc de la bombe.

Lorsqu'il vit ce qui restait de la femme qui était assise à côté de Jane – essentiellement quelques morceaux de corps ici et là –, il se retourna pour bloquer la vue de Jane.

— Venez, dit Bubba doucement. On va vous emmener voir les médecins.

Storm n'avait aucune idée de la gravité de ses blessures, mais si ses SEAL l'encourageaient à aller directement voir les médecins, cela signifiait qu'elles étaient déjà assez graves. Mais Storm était debout et capable de marcher, même si chaque pas lui faisait mal.

— Vous allez bien, Jane ? demanda Rocco sur un ton plus sérieux.

— Je vais bien, lui dit-elle. Storm m'a protégée.

Rocco hocha la tête comme si c'était la chose la plus normale qu'il ait entendue ce matin.

— Pour ce que ça vaut, je pense que ses blessures semblent plus graves qu'elles ne le sont. Quoi que vous fassiez, ne le dorlotez pas. Il va se ramollir, puis se défouler sur nous.

Les lèvres de Jane tressaillirent, mais elle n'eut pas la force de sourire. C'était trop tôt. Storm savait qu'elle aurait d'autres mauvais moments après ça. Qui ne le saurait pas ? Il ne savait pas ce qui s'était passé dans sa voiture ou ce qui avait été dit... mais il le saurait. Jane lui dirait tout. Et il ferait tout pour qu'elle se sente à nouveau en sécurité. Tout comme il savait qu'elle ferait tout ce qu'elle pourrait pour *lui* assurer qu'elle allait bien.

Se penchant vers elle, Storm déposa un baiser sur sa tempe pendant qu'ils marchaient. Le mouvement fit bouger l'objet qui dépassait de son épaule et il poussa un soupir douloureux. Mais il savait que quoi qu'il arrive à partir de maintenant, il s'en sortirait. Jane l'aimait, et il l'aimait. Rien d'autre ne comptait.

ÉPILOGUE

Jane était assise, le dos droit, les mains jointes sur ses genoux, face aux plus hauts responsables de la base. Elle était là pour donner sa version de ce qui s'était passé il y a un mois avec Carlin Sandburg. L'enquête était enfin terminée, après de nombreux entretiens avec diverses personnes.

Le contre-amiral Creasy était là, ainsi que plusieurs autres officiers. Il y avait même un vice-amiral qui était venu en avion pour entendre les conclusions officielles de l'enquête.

Jane avait appris que Bubba avait tiré sur Carlin pour essayer de l'arrêter afin qu'elle ne puisse pas déclencher la bombe, mais une fraction de seconde trop tard. Elle avait déjà fait exploser l'explosif sur ses genoux.

L'épouse décédée du Marine n'avait pas menti sur le contenu de la boîte. Mais, heureusement, bien que l'explosion eût été mortelle, elle n'avait pas été assez puissante pour tuer les policiers et les autres personnes innocentes qui se trouvaient à proximité.

Mais si Jane avait été assise à côté d'elle, elle aurait certainement été mise en pièces comme Carlin.

Storm avait eu un rein contusionné et quelques clous plantés dans ses jambes, le bas de son dos et une épaule, mais, miraculeusement, il n'était pas plus blessé que cela. Jane s'était sentie coupable qu'il ait été blessé en la protégeant, mais Storm lui avait clairement fait comprendre qu'il referait exactement la même chose, et il ne regrettait absolument pas d'avoir été blessé à sa place.

L'ancien lieutenant Sandburg fit l'objet d'une enquête approfondie et fut interrogé par le NCIS, qui détermina qu'il n'était pas impliqué dans les plans de sa femme et qu'il n'en avait pas connaissance. Il ne savait pas non plus qu'elle était responsable de la bombe à gaz CS et qu'elle avait prévu d'assassiner le contre-amiral.

Il n'était pas à l'audience finale aujourd'hui, car il avait quitté la Californie pour espérer se ressaisir et se séparer de ce que sa femme avait fait.

— Pouvez-vous nous dire avec vos propres mots ce qui s'est passé ce matin-là ? demanda l'enquêteur principal du NCIS.

Jane acquiesça. Elle avait déjà raconté son histoire maintes et maintes fois aux autres. Au début, cela avait été difficile, et elle en faisait des cauchemars. Mais au cours du mois dernier, chaque fois qu'elle l'avait racontée, l'emprise de Carlin sur ses cauchemars avait diminué. Jane ne se réveillait plus en hurlant, pensant que la bombe avait explosé alors qu'elle était encore dans la voiture. Elle ne faisait plus de cauchemars où Storm était réduit en miettes alors qu'il essayait de la sauver. Elle reprenait le cours de sa vie, et elle le devait en grande partie à l'homme assis à côté d'elle.

Elle sentit une main se poser sur sa cuisse et la serrer doucement. Jetant un coup d'œil à Storm, il lui fit un signe de tête presque indétectable, et elle se sentit plus forte. Avec lui à ses côtés, elle pouvait tout faire.

Elle raconta donc le moment où elle avait été touchée par la bombe lacrymogène que Carlin avait envoyée, et tout ce dont elle se souvenait entre le moment où la femme était montée dans sa voiture et celui où Storm l'avait sortie du véhicule pour l'emmener dans la sécurité relative de l'autre côté de la cabane de garde à l'entrée de la base.

Elle répondit honnêtement à toutes leurs questions.

Non, elle n'avait pas rencontré Carlin Sandburg avant ce matin-là.

Non, elle n'était pas au courant que Dag avait fait passer son mari, Simon Sandburg, en cour martiale.

Oui, elle avait craint pour sa vie.

Non, elle ne savait pas ce que Storm avait prévu de faire.

Non, elle n'avait pas entendu le coup que Bubba avait pris.

Jane répondit patiemment à toutes les questions qu'on lui posait, et ne fut même pas irritée par le fait que certaines questions lui étaient posées deux fois. Elle comprenait qu'un événement de cette ampleur se produisant à l'entrée de la base était un gros problème. Toutes les mesures de sécurité avaient été passées au peigne fin, et ils avaient même repensé la façon dont les voitures étaient canalisées au niveau de la barrière à la suite de ce qui s'était passé.

Et puis, finalement, les questions cessèrent.

— Contre-amiral, dit l'enquêteur principal, nous avons conclu que la décision que vous avez prise de faire passer le lieutenant Sandburg en cour martiale était appropriée et non excessive. Madame Hamilton, il faut vous féliciter d'avoir gardé votre calme dans une situation moins qu'idéale. Amiral North, vos actions, ainsi que celles de vos hommes, étaient courageuses et ont sûrement évité que d'autres personnes soient blessées. Merci à tous pour votre aide dans l'enquête, et si vous avez des questions sur ces procédures ou sur les résultats, vous êtes invités à en discuter avec mon équipe et moi. Le rapport écrit complet sera disponible pour ceux qui ont l'autorisation de sécurité appropriée. Passez une bonne journée.

Et sur ces paroles, tout fut terminé.

Storm n'attendit pas. Il se leva immédiatement, lui prit la main et se dirigea vers la porte.

— North ? cria le vice-amiral, et Jane eut envie de rire au regard d'impatience qui traversa le visage de son homme.

Il voulait manifestement ignorer l'appel, mais savait que ce n'était pas une bonne idée d'ignorer quelqu'un d'un rang aussi élevé que celui du vice-amiral.

Il se retourna.

— Oui, monsieur ?

L'autre homme souriait, comme s'il savait à quel point Storm était impatient de sortir de là.

— Je suis heureux que vous alliez bien. Je vois de

grandes choses dans votre futur en tant qu'officier de la Marine.

Storm hocha la tête avec respect.

— Merci. Je suis aussi content d'aller bien, mais le plus important, c'est que Jane aille bien. Je n'ai pas fait ce que j'ai fait pour les honneurs, ou pour quiconque se trouvant autour de cette voiture. Je l'ai fait pour Jane, et uniquement pour Jane. Et pour ce qui est de ma carrière, j'apprécie les félicitations, mais ne comptez pas sur moi pour être toujours là.

Il se retourna pour regarder Jane, et elle faillit fondre en lisant son regard. C'était un regard d'amour et de dévotion qu'elle avait seulement imaginé dans ses rêves, tard dans la nuit. Et il était dirigé sur elle. L'ordinaire Jane Hamilton. C'était presque irréel.

Storm reporta son attention sur le vice-amiral.

— J'aime la Marine. Je suis fier d'avoir servi mon pays, et je ne changerais pas un instant de ma carrière. Mais j'ai appris ce qui est important. J'ai hâte de passer ma retraite avec Jane à mes côtés et de voir ce que le monde a à offrir... en tant que touriste cette fois, et non en tant que SEAL.

Le vice-amiral hocha la tête.

— Vous êtes un homme chanceux.

— Oui, je le suis, approuva Storm.

Il salua l'amiral, qui lui rendit le geste, puis Storm la tira hors de la pièce une fois de plus.

— Pressé ? demanda Jane, l'air perplexe.

— Oui, dit Storm, mais sans en dire plus.

— Tu veux me dire pourquoi ?

Il l'entraîna dans le parking vers son tout nouveau

XC90. C'était un SUV haut de gamme comparable à une Toyota Highlander. Jane avait essayé de protester, insistant sur le fait que c'était trop cher, trop neuf, trop sophistiqué, mais il n'en avait pas tenu compte.

Elle avait continué à expliquer pourquoi elle n'en avait pas besoin jusqu'à ce qu'il se tourne vers elle au milieu de la concession, prenne son visage dans ses mains et lui dise sur un ton qu'elle n'avait jamais entendu de sa part auparavant :

— J'ai besoin que tu sois en sécurité. Et même si je ne peux pas être à tes côtés chaque seconde de la journée, je *peux* t'offrir le véhicule le plus sûr que je puisse trouver. Un véhicule qui, d'une simple pression du pouce, te permet d'appeler silencieusement à l'aide grâce à ses fonctions de sécurité avancées.

Comment pouvait-elle continuer à dire non quand il le disait comme ça ? Alors elle céda et le laissa aller chercher la voiture pour elle.

Il avait aussi acheté son propre véhicule neuf. Un Hummer. C'était exagéré, mais Storm s'en fichait. Il avait dit que si elle se retrouvait dans une situation comme celle qu'elle avait connue, il écraserait tous ceux qui oseraient lui faire du mal et l'enlèverait comme un ancien Viking.

C'était ridicule, mais comme il conduisait la plupart du temps sa Volvo et qu'il ne l'avait pas vraiment quittée, sauf pendant la journée de travail, cela ne la dérangeait pas beaucoup.

— Tu verras, lui dit Storm en réponse à sa question sur la raison de son empressement.

Jane voulait lever les yeux au ciel, mais, secrètement,

elle aimait les surprises de Storm. Il était généreux, et chaque jour qui passait, elle l'aimait de plus en plus. C'était presque effrayant de voir tout ce qu'il avait pu représenter pour elle en si peu de temps, mais elle apprenait à profiter de chaque instant, et la vie avec Storm était plus belle qu'elle ne l'avait jamais été auparavant.

Il se tenait du côté passager de son SUV et attendait qu'elle soit bien attachée, puis juste avant de fermer la porte, elle le regarda actionner le mécanisme de verrouillage. Elle l'avait interpellé la première fois qu'il avait fait ça, mais quand il lui avait expliqué que plus jamais quelqu'un ne se glisserait dans la voiture à son insu, elle s'était tue.

Storm les conduisit à sa maison et ils firent la conversation. Jane était soulagée que le problème avec Carlin et les bombes soit terminé. Dag et Brenae étaient en sécurité, comme tout le monde. Il n'y avait aucune garantie que quelqu'un à l'avenir ne prendrait pas ombrage de quelque chose qu'un officier supérieur aurait fait, mais elle espérait que cela n'arriverait pas pendant qu'elle travaillait encore. Deux fois avaient été plus que suffisantes.

Storm se gara sur la place de parking qu'il lui avait réservée en permanence dans sa résidence, et elle attendit qu'il vienne de son côté de la voiture. C'était un autre changement dans leur routine. Elle n'avait pas besoin de lui pour l'aider à sortir d'un véhicule, mais elle savait que pour sa tranquillité d'esprit, il devait le faire. Et ce n'était pas vraiment une difficulté de le laisser tenir sa main dès qu'elle sortait de la voiture.

Il la conduisit jusqu'à l'intérieur.

— Alors, quelle est ma surprise ? demanda-t-elle avec impatience.

Storm leva un doigt.

— Attends encore un peu, lui dit-il. Je reviens tout de suite.

Puis il se dirigea vers la porte d'entrée par laquelle ils venaient de passer.

Jane était confuse. Ils venaient juste de rentrer à la maison.

— Mais...

— Attends, dit-il, puis il referma la porte derrière lui.

Tout ce que Jane put faire, c'était rire. Elle n'avait aucune idée de ce qu'il faisait, mais elle n'avait jamais été déçue par une de ses surprises. Une fois, c'était des T-shirts assortis qu'il avait commandés en ligne pour eux et qui disaient « Location de bateaux Andy et Red's, Zihua-tanejo, Mexique ». Elle avait ri et savait qu'elle chérirait le T-shirt pour toujours, simplement parce qu'il venait de leur film préféré.

Un autre jour, il l'avait emmenée manger, et Rocco, ses coéquipiers et leurs épouses s'étaient joints à eux. C'était bondé et bruyant, mais elle n'avait jamais passé un meilleur moment à apprendre à connaître les hommes et les femmes qui comptaient tant pour son homme. Une autre fois encore, il lui avait préparé le dîner, lui avait fait couler un bain, puis l'avait rejointe dans celui-ci. Ils n'avaient pas fait l'amour, mais être intime avec lui était un cadeau inestimable. Elle avait presque perdu cette sensation, et savoir qu'il l'aimait et qu'il aimait simplement se blottir contre elle était magnifique.

Elle n'avait aucune idée de ce que Storm avait dans sa manche, mais elle savait que ce serait fantastique.

Alors qu'elle commençait à s'inquiéter, elle entendit la porte d'entrée s'ouvrir à nouveau. Se levant du canapé où elle attendait, Jane se retourna – et sa bouche s'ouvrit sous le choc lorsque sa fille entra dans la pièce avant Storm.

— Rose ?

— Maman... dit sa fille.

Puis elle courut à travers la pièce pour se jeter dans ses bras.

Jane cligna des yeux, surprise par cette démonstration d'affection. Elle ne se souvenait pas de la dernière fois où Rose l'avait touchée. Probablement quand elle avait dix ans, avant qu'elle ne devienne si amère.

— Tu vas vraiment bien ? demanda Rose doucement dans l'épaule de Jane.

Prenant une profonde inspiration et fermant les yeux, Jane fit de son mieux pour mémoriser ce moment. Cela faisait très longtemps que Rose ne s'était pas souciée d'autre chose que d'elle-même, ou du moment et de l'endroit où elle allait faire son prochain coup.

Jane ouvrit les yeux et s'éloigna pour regarder sa fille.

— Je vais bien. Comment se fait-il que tu sois là ?

— Je ne savais pas à quel point c'était sérieux ! dit Rose. Quand tu as appelé il y a quelques semaines, tu as dit qu'une femme était en colère contre un gars du travail et qu'elle avait essayé de t'utiliser pour l'atteindre. Je ne savais pas qu'elle avait essayé de *te faire sauter* !

Jane regarda par-dessus son épaule et croisa brièvement le regard de Storm. Il était appuyé contre le mur, les observant de près. Elle savait sans aucun doute que si Rose avait fait ou dit quelque chose de blessant, il l'aurait expulsée de sa maison. Oui, il l'avait amenée ici, mais Jane savait aussi qu'il n'aurait pas hésité à la chasser.

Il n'avait pas apprécié d'entendre toutes les histoires que Jane lui avait racontées sur sa fille, mais cela ne l'avait pas empêché de faire ce qu'il savait pouvoir rendre Jane heureuse. À savoir, essayer d'arranger sa relation avec Rose.

— Je vais bien, dit Jane à sa fille pour la rassurer une fois de plus.

— Storm était là, et il s'en est assuré.

Rose se tourna alors vers lui.

— Merci, fit-elle. Je sais que je vous ai remercié au téléphone quand vous avez appelé, mais sérieusement... je le pense.

— Ta mère est ce que j'ai de plus cher au monde, donc tu n'as pas à me remercier. Je ferai *tout* pour la rendre heureuse et la garder en sécurité.

Jane percevait l'avertissement dans ses mots, et apparemment, Rose aussi.

— J'ai fait beaucoup de choses dans ma vie que j'ai regrettées, déclara-t-elle. Mais j'essaie de changer. D'être une meilleure personne.

Storm hocha la tête une fois.

— Tu peux rester pour le dîner ? demanda Jane.

— Si tu veux, dit Rose timidement.

— Bien sûr que oui, répondit Jane.

— Tu cuisines ? fit Rose sur un ton taquin. Parce que si c'est le cas, peut-être que je vais reconsidérer la question.

Jane gloussa.

— Non. Tu ne risques rien. Storm est le cuisinier dans cette maison.

Rose le regarda.

— Peut-être que je peux prendre des leçons ?

— Bien sûr, dit immédiatement Storm, puis il se décolla du mur pour se diriger vers la cuisine.

— Robert ne t'a pas appris certaines choses ? demanda Jane.

Rose haussa les épaules.

— Je l'ai quitté. J'en avais assez de ses dérives.

Elle regarda alors Jane.

— J'essaie, maman. Je sais que j'ai été horrible avec toi, et avec tout le monde autour de moi. J'ai déversé sur toi ma douleur du départ de papa et j'ai fait des choses dont je ne suis pas fière. Je vais aux réunions de Narcotiques Anonymes chaque semaine maintenant. J'essaie de me ressaisir. Je veux être quelqu'un dont tu seras fière au lieu d'être la fille dont tu as honte.

Jane lui tendit la main.

— Je n'ai jamais eu honte de toi, lui dit-elle. Triste, effrayée, inquiète pour toi… mais jamais je n'ai eu honte de toi.

Rose hocha la tête.

— Storm m'a appelé la semaine dernière et m'a proposé de payer le loyer d'un appartement pendant un an… à condition que je prenne des cours pour passer un BTS… et que je le réussisse. Il a dit qu'il se fichait de ce que j'étudiais, mais que je devais apprendre un métier. J'ai l'impression d'accepter une aumône que je ne mérite pas, mais si je veux remettre ma vie sur les rails, je dois l'accepter.

Les yeux de Jane se remplirent de larmes tandis qu'elle fixait l'homme qu'elle aimait de plus en plus chaque jour.

— Je suis heureuse, chuchota-t-elle. Je voulais seulement que tu sois heureuse, dit-elle à Rose.

— Je n'en suis pas encore là, mais j'y travaille.

— Allez, dit Storm depuis la cuisine. Le dîner ne va pas se faire tout seul. Tu peux assaisonner les steaks.

Jane regarda sa fille se diriger vers Storm dans la cuisine et savait qu'elle n'oublierait jamais ce moment. Storm l'aimait suffisamment pour faire tout ce qu'il pouvait pour aider sa fille, même s'il ne la portait pas vraiment dans son cœur.

Plus tard dans la nuit, Storm se mit au lit et prit Jane dans ses bras.

Elle se retourna immédiatement et jeta sa jambe sur ses hanches pour le chevaucher. Ils étaient tous les deux nus, car ils avaient découvert qu'ils aimaient dormir peau contre peau. Même s'ils ne faisaient pas l'amour, il aimait la sentir contre lui de cette façon.

Il saisit ses hanches et leva les yeux vers elle alors qu'elle lui souriait.

— Merci, lui dit-il tranquillement.

Sachant de quoi elle parlait, Storm répondit simplement :

— De rien.

— Je ne peux pas croire que tu ferais ça pour Rose.

— Je ne l'ai pas fait pour *elle*, répondit Storm, en étant honnête. Je l'ai fait pour *toi*. Elle est ta chair et ton sang, et elle est assez grande pour accepter l'aide que je lui ai offerte et en remercier sa bonne étoile, ou l'ignorer et rester dans le trou qu'elle s'est creusé... et dire adieu à toute chance de relation avec sa mère. Heureusement, elle a été assez intelligente pour accepter l'aide.

— Tu es incroyable, lui dit Jane.

Storm haussa les épaules.

— Je suis égoïste, rétorqua-t-il.

— Comment ça ? demanda-t-elle.

— Plus on est heureux, plus on est détendu. Et plus je suis heureux. En aidant Rose, tu es moins stressée. Je ferais tout pour toi, Jane. J'espère que tu le sais.

— Je le sais, le rassura-t-elle. Même si j'ai l'impression de ne pas en faire assez pour *toi*.

Storm ne put s'empêcher de grogner et de secouer la tête.

— Bébé, tu fais plus pour moi en étant simplement là que tu ne le sauras jamais. Je ne vivais qu'à moitié avant que tu n'arrives. Je subissais les aléas de la vie. Tout semble plus brillant, plus excitant maintenant que tu es à mes côtés. Je ne plaisantais pas quand j'ai dit au vice-amiral que je n'allais pas rester dans la Marine pour toujours. Il n'y a pas si longtemps, je ne pouvais pas penser à la retraite sans avoir une crise de panique. Maintenant, je suis impatient de passer chaque minute de chaque jour avec toi. Rire et simplement profiter de la vie.

Les yeux de Jane se remplirent de larmes, mais elle souriait en même temps.

— Je t'aime.

— Et je t'aime, répondit-il immédiatement.

Ses mains passèrent de sa taille à son corps jusqu'à ce qu'il prenne ses seins. Il lui pinça doucement les tétons, ce qui la fit se redresser et arquer légèrement le dos.

— Je pense que tu mérites un sacré cadeau de remerciement, dit-elle à bout de souffle.

— Non, lui dit Storm en secouant la tête. Tu ne me dois rien du tout.

Il bougea brusquement, la jetant sur le dos sur le matelas et roulant jusqu'à ce qu'elle soit sous lui.

— Et si je *te* donnais un autre cadeau à la place ?

— Storm, protesta-t-elle alors qu'il descendait le long de son corps, se dirigeant vers les plis entre ses jambes.

— Oui ? demanda-t-il distraitement en inspirant profondément et en se frottant à l'intérieur de sa cuisse.

— Rien, dit Jane alors qu'il léchait son sexe trempé.

— C'est ce que je pensais, marmonna-t-il avant de se mettre au travail pour montrer à l'amour de sa vie combien il était heureux de l'avoir dans son lit et dans son cœur.

Une heure plus tard, Jane était totalement comblée, et après avoir chevauché son homme jusqu'à ce qu'il explose en elle, elle était allongée sur sa poitrine, en sueur et plus que satisfaite. Elle est allée voir son gynécologue, et après avoir discuté de ses options, elle avait décidé d'opter pour un implant contraceptif. Storm lui avait dit qu'il programmerait bientôt une vasectomie pour qu'elle n'ait pas à mettre d'hormones supplémentaires dans son corps. C'était un geste généreux et aimant de sa part, et Jane l'adorait d'autant plus.

Elle aimait sentir Storm jouir en elle, elle aimait l'intimité de l'acte sans préservatif entre eux.

Alors qu'elle était allongée dans ses bras, elle ne pouvait s'empêcher de penser à quel point sa vie avait changé en bien.

— Tu m'épouseras un jour, n'est-ce pas ? demanda calmement Storm.

Jane gloussa.

— Si tu me le demandes correctement, oui, répondit-elle.

— Oh, je vais te le demander correctement, rétorqua-t-il. Mais ce sera quand tu t'y attendras le moins, et ce sera une demande en mariage mémorable.

— Je n'ai pas besoin d'une demande en grande pompe, affirma-t-elle. J'ai juste besoin de toi.

— Tu m'as moi, la rassura-t-il.

— Je me sens comme le gars le plus chanceux du monde, reprit-il après une minute.

— C'est plutôt à moi de le dire, fit Jane.

— Non. Tu es tellement géniale que quelqu'un aurait fini par t'enlever avant que j'aie eu une chance de te séduire, dit-il, et Jane vit qu'il le croyait de tout son cœur. Je passerai le reste de mes jours à m'assurer que tu ne regrettes pas de m'aimer. Je ne te ferai jamais de mal. Je ne te manquerai jamais de respect. Et je ferai tout ce qu'il faut pour m'assurer que tu es en sécurité et aimée chaque jour de ta vie.

Ses mots étaient plus touchants que tous les vœux de mariage qu'il aurait pu lui réciter.

Jane tourna la tête et embrassa le dessous de sa mâchoire avant de se blottir contre lui.

— C'est tout ce que je pouvais demander, dit-elle. Tout ce qu'une femme peut demander. Je t'aime.

— Je t'aime aussi.

— Dépêche-toi de vivre, ou dépêche-toi de mourir, murmura-t-elle. Comme Red l'a fait à la fin des *Évadés*.

— Oui. Dors maintenant, bébé. On a une longue journée demain. Wolf et son équipe étaient jaloux de ne pas avoir pu passer une soirée à manger avec toi, alors ils ont insisté pour qu'on aille chez lui pour un barbecue dans la journée. Et il a invité tout le monde dans son équipe. Femmes, enfants... Bon sang, je pense même que leurs animaux de compagnie seront là.

Jane sourit.

— Tu ne m'as pas parlé de ça.

— Je viens de le faire, rétorqua Storm. Ils t'aiment tous. Tu fais partie de notre équipe maintenant. Tu as besoin d'eux, ils sont là, tout comme Bubba, Rocco et Gumby il n'y a pas si longtemps. Si tu n'arrives pas à me joindre, tu appelles l'un d'entre eux. Chacun d'entre eux fera ce qu'il peut pour t'atteindre. Compris ?

Jane acquiesça.

Il y avait une tonne de choses qu'elle devait faire. Parler à Storm. Déménager de son appartement, Rose, leur avenir, mais, pour le moment, elle était trop fatiguée, heureuse et rassasiée pour faire plus que soupirer contre lui et resserrer son emprise.

— Bonne nuit, bébé, chuchota-t-il.

— Bonne nuit, Storm.

Jane réussit à rester éveillée assez longtemps pour entendre Storm ronfler doucement sous sa joue. Elle n'aurait jamais pensé que c'était là qu'elle se retrouverait un jour, quand elle fixait le bel amiral chaque fois qu'elle le voyait dans les couloirs. Mais maintenant qu'il était à elle, elle allait se battre pour le garder.

Elle tourna la tête, embrassa son épaule, puis ferma les yeux, satisfaite de savoir qu'elle était aimée.

* * *

Merci d'avoir lu la série *Forces Très Spéciales : L'Héritage* ! J'apprécie beaucoup que vous ayez choisi mes livres ! J'ai de nombreuses autres séries pour vous, si vous ne les connaissez pas déjà. Vous pouvez commencer avec *Sauvetage à Eagle Point*, dont le premier tome est *Un sauveteur pour Lilly*. Quel que soit votre prochain livre, bonne lecture à vous !

DU MÊME AUTEUR

Autres livres de Susan Stoker

Forces Très Spéciales : L'Héritage

Un Sanctuaire pour Caite

Un Sanctuaire pour Brenae

Un Sanctuaire pour Sidney

Un Sanctuaire pour Piper

Un Sanctuaire pour Zoey

Un Sanctuaire pour Avery

Un Sanctuaire pour Kalee

Un Sanctuaire pour Jane

Sauvetage à Eagle Point

Un sauveteur pour Lilly

Un sauveteur pour Elsie (28 Juin 2022)

Un sauveteur pour Bristol

Un sauveteur pour Caryn

Un sauveteur pour Finley

Un sauveteur pour Heather

Un sauveteur pour Khloe

Delta Force Deux

Un refuge pour Gillian

Un refuge pour Kinley (Avril 15)

Un refuge pour Aspen (1 Juin)

Un refuge pour Jayme

Un refuge pour Riley

Un refuge pour Devyn

Un refuge pour Ember

Un refuge pour Sierra

Hawaï : Soldats d'élite

Un paradis pour Élodie

Un paradis pour Lexie

Un paradis pour Kenna

Un paradis pour Monica (10 May 2022)

Un paradis pour Carly

Un paradis pour Ashlyn

Un paradis pour Jodelle

Mercenaires Rebelles

Un Défenseur pour Allye

Un Défenseur pour Chloé

Un Défenseur pour Morgan

Un Défenseur pour Harlow

Un Défenseur pour Everly

Un Défenseur pour Zara

Un héros pour Emily

Un héros pour Harley

Un mari pour Emily

Un héros pour Kassie

Un héros pour Bryn

Un héros pour Casey

Un héros pour Wendy

Un héros pour Mary

Un héros pour Macie

Un héros pour Sadie

Un héros pour Annie

<u>Autre</u>

Un moment suspendu : Recueil de nouvelles

<u>AUDIO</u>

Un paradis pour Élodie

À PROPOS DE L'AUTEUR

Susan Stoker est une auteure de best-sellers aux classements du New York Times, de USA Today et du Wall Street Journal. Elle a notamment écrit les séries Badge of Honor: Texas Heroes, SEAL of Protection et Delta Force Heroes. Mariée à un sous-officier de l'armée américaine à la retraite, Susan a vécu dans tous les États-Unis, du Missouri jusqu'en Californie en passant par le Colorado, et elle habite actuellement sous le vaste ciel du Tennessee. Fervente adepte des fins heureuses, Susan aime écrire des romans où les sentiments laissent place au grand amour.

http://www.StokerAces.com

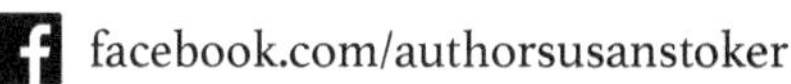

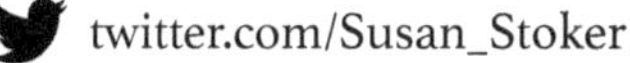

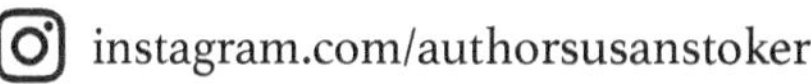

www.ingramcontent.com/pod-product-compliance
Lightning Source LLC
Chambersburg PA
CBHW070531100726

47907CB00004B/1072